FOLIO POLICIER

Raphaël Confiant

Citoyens au-dessus de tout soupçon…

Une enquête de Jack Teddyson

Gallimard

Raphaël Confiant est né en 1951 à la Martinique. Auteur de nombreux romans en créole, il a été révélé en France par *Le nègre et l'amiral* (Grasset, 1988) et a obtenu le prix Novembre pour *Eau de café* (Grasset, 1991). Il est également coauteur d'*Éloge de la créolité* avec Patrick Chamoiseau et Jean Bernabé (Gallimard, 1989). Ses romans *Le meurtre du Samedi-Gloria* (Mercure de France, 1997) et *L'Hôtel du Bon Plaisir* (Mercure de France, 2009) ont obtenu respectivement les prix RFO et de l'AFD.

Toutes les enquêtes de Jack Teddyson sont publiées par Caraïbéditions.

À Thierry Caille,
Grand rêveur gascon…

CHAPITRE 1

Je m'appelle Jack Teddyson. Mon nom ne vous dira rien vu qu'il est faux. Enfin, je veux dire que c'est celui qui figure sur ma carte de visite et sur la plaque de mon bureau, au quartier Bas-Calvaire, en la bonne ville de Fort-de-France, French West-Indies. En réalité, je suis tout simplement Raymond Vauban quoique ni moi ni aucun de mes ancêtres n'ayons jamais construit la moindre fortification. Ces derniers auraient (à ce que rapporte une légende familiale tenace) préféré couper la canne à sucre au temps de l'esclavage. À l'abolition, ils ont filé en ville pour s'adonner à je ne sais quoi. Enfin si, tout et rien : docker, djobeur, éleveur de coqs de combat, mécanicien marron jusqu'à mon géniteur qui, ô miracle, est devenu disciple de Jules Ferry. Enfin, instituteur, je veux dire. Quant à moi, j'ai fait des études de droit. Là-bas. C'est comme ça que les bonnes gens appellent la France. Mais bon, tout ça n'a pas grand intérêt en fait.

Pour exercer en tant que détective privé, chacun comprendra qu'un nom anglo-saxon est le mieux indiqué. C'est un boulot de merde dans une ville de merde. Seul le pays alentour est beau. Colibris*[1], flamboyants, couchers de soleil, mer bleue. Mais j'ai pas trop le temps de contempler ce panorama, hélas. Au fait, j'ai quarante-quatre ans si ça peut vous intéresser. Je suis plutôt maigre mais avec une légère bedondaine que mon toubib déclare héréditaire. J'ai le crâne à moitié chauve et une barbe que je ne taille qu'une fois l'an. Le jour de l'an justement. Par respect pour feue ma marraine qui vivait encore dans les croyances des temps anciens et était persuadée que ce rituel portait chance. Bon, à moi, il ne m'a jamais rien procuré, que je sache. Mais tu n'as qu'à t'en prendre à toi-même ! m'aurait tancé l'ancêtre et elle aurait foutrement eu raison. En effet, j'ai pas mon pareil pour m'embourber dans des histoires pas possibles. Sans compter que je suis poursuivi par une déveine sans nom comme on le verra plus avant.

Exercer en tant que privé dans un pays où la vie privée n'existe pratiquement pas, c'est un putain d'exploit, je vous jure. D'abord, ce pays est une île et une île, par définition, c'est petit (sauf l'Australie et le Groenland, me répète sans arrêt mon meilleur compère, Alberto, joueur de saxo-accordéon-clarinette dans un bouge des Terres-Sainvilles). On y vit donc à portée de vue et à portée de voix. Tout le monde sait qui est qui et qui fait quoi. Si bien que la maréchaussée ne met guère de temps à résoudre les larcins ou les crimes, d'autant qu'en général, les coupables préfèrent se rendre au bout de deux-trois jours pour ne pas risquer d'être mis définitivement

1. Les mots signalés par un astérisque à leur première occurrence sont définis dans le glossaire en fin d'ouvrage, p. 243.

au ban de la communauté. Si les flics n'ont déjà pas grand-chose à faire, on comprendra que ce qui reste à un privé, c'est quatre fois rien. Bon, je rigole ! J'ai mon périmètre à moi et il n'est pas négligeable du tout, loin de là. Je m'occupe de tout ce qui n'intéresse pas ces messieurs en uniforme : maris cocus, héritiers illégitimes, débiteurs indélicats, quimboiseurs et autres sorciers dont les simagrées et autres abracadabras n'ont produit aucun résultat, adolescents fugueurs, étrangers décédés sans papiers et tutti quanti. Et c'est comme ça que j'ai été amené à enquêter sur la fin tragique d'un bonhomme dénommé Sésostris Ferdinand. Curieux prénom, m'étais-je dit lorsque j'en avais lu, distraitement, le récit dans la Pravda locale (l'unique quotidien de l'île, je veux dire). On dirait un truc égyptien du genre Isis, Osiris, mais bon, peut-être que je me trompais. Toujours est-il que le destin du bougre n'avait guère attiré mon attention à l'époque. J'étais bien trop occupé à rechercher le fils qu'un planteur béké* avait eu d'une de ses servantes négresses dans les années soixante et auquel, sur ses vieux jours, sans doute pris de remords, il voulait donner son illustre patronyme et gratifier d'un bout de terrain. Le problème c'est qu'il avait fretinfretaillé avec tellement de personnes de sexe féminin au sein de sa valetaille (et avait eu tant de rejetons mulâtres*) qu'il ne se souvenait plus très bien ni de la mère ni du bébé (qu'il avait aperçu deux ou trois fois), sauf que ce dernier avait une curieuse tache en forme de minuscule pomme-cannelle sur l'avant-bras gauche. Sa mère, qui avait ressenti une forte envie de ce fruit lors de sa grossesse alors que ce n'en était pas la saison, avait quitté la plantation deux ans plus tard, alléchée par la promesse d'un poste de fille de salle à l'hôpital de la Pitié-Salpêtrière, à Paris donc, et n'avait plus du tout donné signe de vie. Jusqu'à ce que le vieux béké apprenne que son fils adultérin, devenu un homme fait, avait regagné la Martinique, y résidait et y travaillait désormais. Qu'il détenait même un bon poste. Mais où ? dans quel domaine ? Mystère !

— Trouvez-le-moi, m'avait lancé Meynard de Queille, le planteur, et je ferai de vous un homme riche !

J'étais donc entièrement préoccupé par ladite enquête – dont il sera question de temps à autre –, lorsque je reçus la visite d'une veuve éplorée qui se présenta comme l'épouse de Sésostris Ferdinand. C'était une dame d'un certain âge, pour ne pas dire d'un âge certain, sur qui l'outrage des ans n'avait pas encore accompli ses funestes ravages, mais qui aurait gagné à s'habiller avec des vêtements moins près du corps et à se farder avec un rouge moins maoïste.

— On m'a assuré qu'avec vous, c'est efficacité et discrétion, est-ce bien vrai ? me lança-t-elle tout de go en s'asseyant d'un air méfiant sur la chaise, il est vrai un peu bancale, que je lui avais cérémonieusement désignée.

— Tout à fait ! Sauf qu'il manque un mot à cette devise : rapidité.

Comme elle suait à grosses gouttes, j'actionnai le ventilateur plafonnier qui émit un barrissement tel qu'elle sursauta et fixa le plafond à demi effrayée, craignant sans doute qu'il ne lui tombât sur le crâne (quoique ce dernier fût protégé par un amas de faux cheveux lisses). Le chien portatif, qu'elle tenait sur le bras gauche et que je n'avais pas aperçu tellement il était minuscule, émit un couinement comique.

— Et alors efficacité plus discrétion plus rapidité, ça coûte combien ? fit-elle en se reprenant.

— Cela dépend du travail à faire, chère madame… Il y en a de plus risqués ou de plus fastidieux que d'autres. En quoi puis-je vous être utile ?

Le téléphone sonna, ce qui fit ma future cliente sursauter à nouveau. Son chihuahua frissonna sans ouvrir l'œil. C'était Alberto qui demandait si on pouvait se retrouver le soir « Chez Bèbène », un caboulot de la rue Jean-Jacques-Rousseau qui faisait à la fois office de restaurant à bon marché, de dancing et de salle de jeux clandestins. Je me montrai évasif. Je ne voulais surtout pas risquer de perdre le gros poisson que j'étais sur le point de ferrer.

— Pardonnez-moi… Je vous écoute, ma chère dame.

— Voilà ! Je suis Irmine Ferdinand, la veuve de Sésostris…

— Oui…

— Vous voyez de qui je veux parler ?

— Ce nom me dit quelque chose, mais je n'en suis pas très sûr… mentis-je.

Une lueur d'incrédulité mêlée à de la déception apparut sur le visage de la veuve. Elle était encore belle femme avec ses yeux en amande surmontés d'épais sourcils soigneusement taillés. Les mots se bousculant sur ses lèvres, elle me raconta la fin tragique de son époux dans un boxon des Terres-Sainvilles entre les bras d'une pute dominicaine* deux mois plus tôt. Elle demeurait persuadée qu'il avait été victime d'un traquenard, lui qui vingt-sept ans durant s'était montré un amour de mari et un père irréprochable pour leurs trois enfants. Entrepreneur de transports, promoteur immobilier, éleveur de bétail et commerçant respecté, Sésostris, qui était parti de rien, avait réussi à la force du poignet, répéta-t-elle plusieurs fois. Il avait même reçu à diverses reprises le « trophée de l'entrepreneur de l'année » décerné par la chambre de commerce de la Martinique.

— Mais ce qu'il y avait de plus remarquable chez lui..., continua la veuve dont la voix faillit s'étrangler à cause d'un sanglot non feint, c'est qu'il était, c'est qu'il avait toujours été un mari fidèle. Vous pouvez poser la question à sa famille, à ses proches ou à ses relations de travail, mon Sésostris était loin, très loin, d'être ce qu'on appelle un chien-femme*.

Cette expression créole m'arracha un sourire. Elle détonait dans la bouche de cette dame bien sous tous rapports qui finit par m'apprendre qu'elle avait exercé en tant que professeur de sciences naturelles au Lycée de Jeunes Filles de la Pointe-des-Nègres et avait reçu les palmes académiques. (Apparemment, elle ne voyait aucun rapport entre la ridicule créature canine qu'elle pressait contre son opulente poitrine et ladite expression.) Intérieurement, je ne pus m'empêcher de faire grise mine : je connaissais ce genre de bonhomme. Trop parfait pour être honnête !

— Qu'en a conclu l'enquête de police ? fis-je en prenant un ton professionnel.

— Rien... Rien du tout. Enfin, un tissu d'énormités, je veux dire. Comme quoi mon mari était un client régulier depuis plusieurs années de cette… comment dire… de cette catin, cette Isabela Hernandez Rincon, qui devait sans doute exercer un chantage sur lui et l'avait fait assassiner du jour où il n'a plus été en mesure de payer. Grotesque !

En effet, la flicaille avait découvert le corps de Sésostris Ferdinand dans l'appartement de la pute deux jours après son décès, appartement étrangement vide. Envolée la demoiselle Hernandez Rincon ! Pas un papier, pas un vêtement, pas le moindre indice qui eût pu guider les recherches. Juste un matelas dépourvu de couverture sur lequel gisait le cadavre nu de l'éminentissime chef d'entreprise auquel on avait ligoté les mains et qu'on avait… castré.

— Je voudrais que vous repreniez l'enquête de bout en bout, fit la veuve d'un ton las. Je ne crois pas à la version de la police. Tenez, je vous ai apporté un certain nombre de documents. Des photos de lui, des relevés de comptes bancaires, des contrats commerciaux, bref, tout ce que j'ai pu trouver d'intéressant dans le coffre de notre maison de vacances du Vauclin.

Elle déposa un épais dossier sur mon bureau, déjà surchargé, d'un geste autoritaire qui ne me déplut pas du tout. J'aimais les femmes d'action. Les femmes solides qui ne passent pas leur temps à pleurnicher sur leur sort ou à se plaindre de la gent masculine. Sur le cliché, d'assez mauvaise qualité, Sésostris avait une tête de Martiniquais moyen, d'une soixantaine d'années environ, à la peau marron clair.

— Je veux savoir ! Je ne peux pas croire que j'ai pu vivre si longtemps auprès d'un homme et le méconnaître à ce point. Au fait, votre tarif, c'est combien ?

Je m'éclaircis la gorge, histoire de gagner du temps. La dame Ferdinand avait l'air pleine aux as et je ne voulais pas risquer d'annoncer un chiffre trop bas qui aurait pu lui faire douter de ma réputation, mais je ne devais pas trop exagérer non plus. Je fis mine de farfouiller dans le tiroir de mon bureau, me balançant dans mon fauteuil en vrai cuir (le seul meuble digne de ce nom en ma possession), le front soucieux, puis en sortis un document imprimé que je lui lus d'un ton le plus neutre que possible :

— Recherche en paternité : cent euros de la journée ; recherche en infidélité : cent cinquante ; vol : deux cent ; affaire criminelle : deux cent cinquante…

— Je suis preneuse ! Vous avez deux mois, pas un jour de plus, pour éclairer ma lanterne, déclara-t-elle, ayant visiblement retrouvé toute son assurance. Je vous laisse déjà un chèque de deux mille cinq cents euros. En guise de provision. Ça vous va ?

— Marché conclu, chère dame !

— Au fait, je reçois des menaces voilées depuis la mort de mon mari. La barrière d'entrée de ma maison a été barbouillée de rouge, le poteau de téléphone à moitié sectionné, on me vole mon courrier dans ma boîte aux lettres… J'ai porté plainte à chaque fois ! Enfin, c'est à la police de s'en occuper.

En prenant congé, elle se risqua à plaisanter sur ma maigreur, me conseillant les bouillons de poulet, comme pour montrer qu'au-delà de sa souffrance personnelle, seule l'intéressait vraiment la découverte de la vérité.

— *Sak vid pa ka tjenn doubout*[1], sentencia la veuve dans un créole peu naturel.

Son chien portatif émergea un instant de sa torpeur et me fixa de ses yeux globuleux. Cela me fit me remémorer mon oncle Émile, alias Milo, philosophe à sa manière, dont il sera question plus avant, qui échafaudait dès théories sur tout et aimait à avancer ce qui suit :

— Au temps de l'esclavage, le nègre et le chien furent des ennemis jurés, le second étant dressé par les maîtres blancs afin de pourchasser les marrons. Une fois le temps des chaînes fini, le nègre prit sa revanche en créolisant le chien qu'il attacha court aux abords de sa case, lui voltigeant des restes de repas quand il y pensait. Ceux qui parvenaient à s'échapper vivaient un enfer : une pluie de roches s'abattaient sur leur écale. Ha-ha-ha !... Et puis, voici venu le temps de la réconciliation. On charroie messieurs les chiens comme des bébés à présent ! On appelle ça être civilisé, je crois. *Bonda marenn-yo tout-la*[2] *!*

Je vis la digne veuve embarquer à bord d'un énorme 4×4 japonais bleu marine aux vitres teintées. Au moment de refermer sa portière, je crus apercevoir, dans le rétroviseur, une lueur de satisfaction sur le visage de madame Irmine Ferdinand, veuve de Sésostris, l'un des plus grands businessmen que la Martinique ait jamais connu...

1. Sac vide ne tient pas debout.
2. Qu'ils aillent tous se faire foutre !

Béhanzin, le vendeur d'eau de coco, dont la charrette à bras stationnait en permanence au bas de ma rue, dut faire la même constatation car il secoua la tête en me lançant un clin d'œil égrillard…

CHAPITRE 2

J'habite, juste au-dessus de mon bureau, un trois pièces plutôt sombre, mais assez bien ventilé grâce à de multiples persiennes. Tout en haut du bâtiment se trouve un galetas où je range ce que j'appelle pompeusement mes archives, mais où je ne me rends qu'une ou deux fois l'an. Des chauves-souris y ont élu domicile et dès la brune du soir, on peut les voir jaillir d'en dessous du toit pour se livrer à leurs circonvolutions apparemment erratiques par-dessus l'En-Ville. J'ai hérité ce bien de cet oncle chiant comme c'est pas permis que je m'étais appliqué à visiter trois fois par semaine à l'asile des vieillards de Fort-de-France lorsqu'il devint évident qu'il n'en avait plus pour très longtemps à ronchonner sur cette Terre. En fait, les toubibs s'étaient gourés question diagnostic et Tonton Milo perdura pas moins de quatre ans, quatre longues, interminables années, au cours desquelles je fus contraint de supporter ses délires, son haleine fétide et la bave qui dégoulinait en permanence des commissures de ses lèvres fripées.

— Pourquoi elle t'appelle Jaques Tedi je sais pas quoi ? me lançait-il avec sa voix nasillarde. T'es bien Raymond, hein, le petit chabin* ? Le fils de ma sœur Georgette, n'est-ce pas ?

L'infirmière ne pouvait s'empêcher de ricaner. Je la soupçonnais d'être affreusement jalouse de l'héritage qui, d'un jour à l'autre, tomberait dans mon escarcelle. Mon oncle, vantard comme il était, avait dû exagérer l'étendue de ses propriétés, le nombre de ses maisons et la rutilance de son parc automobile. Alors la salope, chaque fois que je m'en allais, ma corvée achevée, lançait à la cantonade :

— Au revoir, monsieur Jack Teddyson ! Ce fut un grand plaisir pour nous que de vous accueillir dans nos murs.

J'avais une trouille pas possible qu'elle fiche un doute dans l'esprit de Tonton Milo et qu'il ne me déshérite. Brouillé avec mes parents qui s'étaient serrés la ceinture pour que je fasse mon droit à la prestigieuse faculté d'Assas (ils me voyaient déjà avocat), je ne risquais pas de recevoir un seul penny de ce côté-là. Pour eux, détective privé, c'était pas un métier. Pire que ça : c'était une honte. J'avais déshonoré la famille Vauban. Mon père, les rares fois où il m'appelait (toujours pour m'informer d'une mauvaise nouvelle), m'apostrophait de la sorte :

— Salut, fouille-merde ! On se porte comme un charme, je suppose... Au fait, ta mère est alitée depuis plusieurs jours. C'est sa tension comme d'habitude...

J'accourais au domicile familial, sur les hauteurs verdoyantes (quoique affreusement humides) de Balata, pour être confronté à l'ironie pour le moins mordante de la malade que ma présence semblait revigorer un bref instant.

— Regarde-moi comment tu es habillé, Raymond, me lançait-elle, le visage crispé par la souffrance. On dirait un crève-la-faim ! Et tes chaussures, tu as vu tes chaussures ? Sinon, ça te fatiguerait d'aller chez le coiffeur ? Ha la-la la-la, qu'est-ce que j'ai fait au bon Dieu pour avoir un fils pareil ?

Je ne m'éternisais jamais auprès de mes vieux. Ils me cassaient les couilles et en plus, je ne pouvais même pas espérer tirer quoi que ce soit d'eux, à l'inverse de Tonton Milo, tout enquiquineur qu'il fût lui aussi. Toujours est-il que ce dernier eut l'excellente idée de crever l'année même où le propriétaire de l'appartement cradingue que je louais à la rue des Syriens me flanqua dehors. Il est vrai que j'avais six ou sept mois de loyers impayés vu que mes rares clients de l'époque me rémunéraient au lance-pierre. Bref, j'étais dans la merde jusqu'au cou et Tonton Milo me sauva la mise. La vieille peau s'était permis d'ironiser le jour où j'avais réussi à la faire me coucher sur son testament :

— J'écris quoi : Jack Teddyson ou Raymond Vauban ? Ha-ha-ha !

Il avait failli passer l'arme à gauche à cause de la quinte de toux provoquée par son hilarité et l'infirmière, qui m'en voulait pour d'obscures raisons, ne s'était nullement empressée de venir à son secours, espérant sans doute qu'il perdrait définitivement ses moyens et ne pourrait plus me filer ses biens. Donc, j'héritai de cette antique baraque en bois, au pied du Morne* Calvaire, qui faisait tache parmi ses voisines en béton armé. Depuis son entrée à l'asile, Tonton Milo ne l'avait plus habitée et elle puait le moisi, la crotte de rats et de chauves-souris. Francelise, une jeunesse originaire de Grand-Rivière, que je fréquentais depuis peu, m'aida, quatre jours durant, à la rendre présentable. Et surtout habitable. Cette drôlesse s'était imaginée, je ne sais trop pourquoi, que je me mettrais en case avec elle, selon sa propre expression, ce qui en langage conventionnel signifie concubiner, chose en quoi elle se fourrait un doigt dans l'œil et l'autre dans le cul. D'abord, elle était inculte : elle n'avait ni culture créole (elle ignorait tout des contes et de la geste de Ti Jean l'Horizon, par exemple) ni culture française (elle n'avait jamais lu un bouquin de toute sa vie). Ce type d'individus commençait à devenir, en quelque sorte, la norme à la Martinique. Or, à partir du moment où une norme s'installe, ce sont ceux qui n'en sont pas, comme moi, qui deviennent des tarés. Mais bon, je suis méchant car chaque fois que Jean-Jacques Rousseau ou Voltaire publient un nouveau livre, Francelise m'assure, la main sur le cœur, qu'elle court l'acheter en librairie et qu'elle le lit de bout en bout. Pour dire la franche vérité, je la fréquentais parce qu'elle avait un cul phénoménal qui aurait fait bander Pie XII et des tétés en forme d'avocat dont les tétons avaient le goût de raisins-bord-de-mer au mois d'août. De tête, elle ne cassait pas trois pattes à un canard. Elle était du genre à ce qu'on lui mette la tête dans un sac pour ne pas la voir au moment de l'acte charnel. De celles à qui ce pince-sans-rire de Tonton Milo aimait à lancer avec son humour créole lourdingue :

— *Ou sé an bel fanm an tiran tet-ou, ou sav*[1] *!*

1. T'es une belle femme si on t'enlève ta tête, tu sais !

Durant une semaine, elle fit le pied de grue (bon, je sais, ce volatile n'existe pas sous les Tropiques !) devant ce qui était désormais ma maison à moi, pleurant, se lamentant, haranguant les passants, prenant le ciel à témoin sans que je me laisse émouvoir le moins du monde.

— Il veut pas qu'on habite ensemble... Hi-hi-hi... Pourtant, lui et moi, on s'aime... Sniff ! Sniff !

Je ne dus mon salut qu'à l'intervention du Dieu Hasard qui comprit que Francelise, si elle continuait son cirque, briserait à jamais ma carrière toute fraîche d'Eliot Ness créole. Alberto m'avait aidé, en effet, à clouer la plaque en simili-marbre que je m'étais fait graver chez un artisan que la chose avait amusé vu que l'essentiel de son commerce tournait autour des pierres tombales. On y lisait en lettres dorées :

Jack Teddyson, détective privé agréé, diplômé de l'École d'investigation criminelle de Paris. Reçoit le matin sur rendez-vous du lundi au samedi et l'après-midi du mardi et du jeudi entre 14 h et 18 h. Tarifs étudiés.

Mais je suis à nouveau injuste car c'est par le truchement de Francelise et, j'y insiste, du hasard (le meilleur allié du détective avant le flair) que six mois plus tard, je réussis à retrouver la trace du mulâtre que son géniteur béké recherchait depuis etcetera de temps. En effet, la gourgandine avait pour habitude de venir faire du voucoum* devant ma porte à intervalles réguliers pour me rappeler à mes (fallacieuses) promesses : celle de lui passer la bague au doigt et de la conduire à l'autel nuptial, puis de nous acheter une superbe baraque sur les hauteurs de Schoelcher, dans un nouveau quartier dénommé Terreville qui commençait à se peupler de bourges. Je lui avais raconté toutes ces salades juste pour pouvoir lui bouffer la chatte quand l'envie m'en prenait, le plus souvent à l'arrière de ma Renault 4L dont les amortisseurs n'étaient pourtant qu'un vague souvenir et qui souffraient le martyre dans les chemins creux des champs de canne à sucre du Lamentin que je considérais comme ma culbutoire à ciel ouvert. Donc, un beau matin de carême* alors qu'il faisait une chaleur à ne pas mettre un pingouin dehors, voilà la donzelle qui se radine, se plante face à ma plaque, lui crache dessus, se met les poings sur les hanches à la façon des femmes-matador du Saint-Pierre d'avant l'éruption de la montagne Pelée et se met à vocaliser ses remontrances et autres malsonnances de façon à ce que tout un chacun puisse l'entendre dans les rues adjacentes. Par réflexe, je fermais hermétiquement les persiennes dans ces cas-là et ne réagissais pas jusqu'à ce que Francelise se fatigue et se résolve à me lâcher la grappe, ce qui prenait toujours un certain temps. Je repensais alors à cette définition de la femme complètement conne d'Aragon, laquelle, parlant de la créature masculine, prétendait :

Elle est la couleur de son âme. Elle est la rumeur de son bruit. Et sans Elle, il n'est que blasphème.

Tu parles ! Or, miracle d'entre les miracles, voici que ce fameux jour, ses trémolos s'arrêtèrent au bout d'une poignée de minutes. Je n'en croyais pas mes oreilles. Un silence total-capital s'était même installé dans ma rue. Stupéfait et incrédule, je soulevai très légèrement une persienne et risquai un œil au-dehors et là, mesdames et messieurs de la compagnie, bonnes gens et mauvaise engeance qui me lisez, croyez-moi ou pas : le spectacle qui m'était offert était tout ce qu'il y avait de plus incroyable. Un homme – de type mulâtre – bien mis, tenant une sacoche à bout de bras et un journal de l'autre s'était statufié – oui-oui, je ne plaisante pas, sta-tu-fié ! – devant le phénoménal postérieur de Francelise. Bouche à moitié ouverte, les yeux fixes, il ressemblait à un satyre en stuc. Et plus extraordinaire, c'est que ma Francelise s'était elle aussi figée dans une immobilité marmoréenne. Je crois que dans les romans de hall de gare, on appelle ça un coup de foudre ; moi, j'y vis plutôt une histoire d'atomes ou, si l'on veut voir les choses de manière scientifique, de phéromones crochus. En tout cas, les deux énamourés subits tombèrent dans les bras l'un de l'autre à la grande joie de la populace qui avait accouru, trop heureuse de fuir l'ennui sidéral qui baignait l'En-Ville. Des vicelards gueulaient en créole :

— *Pwan'y la lamenm*[1] *!*

Soudain, Francelise, entraînant le nouvel élu de son cœur, tambourina à ma porte en criant :

— Jack, ouvre que je te présente monsieur Saint-Hubert ! Allez, fais pas le couillon !

Je faillis tomber à la renverse. Ce patronyme pouvait fort bien être celui de l'individu que je recher-

1. Nique-la tout de suite !

chais pour le compte du vieux béké depuis un bon moment. C'est qu'il avait fouillé dans ses souvenirs du temps-longtemps et avait fini par se rappeler que celui de sa servante était soit Saint-Hilaire soit Saint-Hubert soit Saint-Albert soit Saint-Hildevert, en tout cas un truc avec un saint devant. Vu que le quart de la population se nommait comme ça, je n'en étais pas plus avancé pour autant ! Individu donc que je désespérais de pouvoir localiser, devrais-je ajouter pour être honnête, ne pouvant demander à chacun d'eux d'exhiber son avant-bras droit pour vérifier s'il était porteur de la fameuse tache en forme de pomme-cannelle. Mais bon, la suite, je la raconterai plus tard. Pour l'heure, ce qui occupait mon esprit, ce qui accaparait mon cogito, c'était le triste destin de monsieur Sésostris Ferdinand et la mission que m'avait confiée sa veuve. Je décidai alors de me rendre à l'hôtel de police, comme chaque fois que je démarrais une enquête, l'air de flâner dans les parages, le temps de m'assurer que l'inspecteur Maxence était de service. À part lui, aucun des autres flics ne pouvait me voir en peinture. Certains m'avaient même menacé, en diverses occasions, de demander au préfet de me retirer ma licence.

— Tu te fais un pognon pas possible, m'avait lancé l'un d'eux, alors que c'est nous, avec notre paye minable de fonctionnaires, qui nous tapons le sale boulot ! Sherlock de mes fesses, va !

L'inspecteur Maxence n'était pas jaloux de mon statut prétendument enviable. En sus, diplômé en droit tout comme moi, il faisait un peu tache parmi ses collègues qui avaient grimpé les échelons grâce à des concours internes. Pour un flic, il n'était pas très catholique, vu qu'il possédait une impressionnante collection de disques de jazz et était incollable sur la littérature érotique chinoise de l'époque Qing. Le midi, il bouffait au restau cradingue du premier étage du Grand Marché de Fort-de-France qui servait des plats folkloriques du genre « macadam de morue » et qui, de ce fait, attirait nostalgiques de l'époque où la culture créole était encore vivace et touristes leucodermes. Nous avions d'ailleurs fait connaissance en ce lieu de haute culture gastronomique un jour que je broyais du noir, ce qui pour un nègre est déjà passablement comique, parce que je n'avançais pas depuis deux semaines dans une affaire de dette impayée. En effet, un commerçant, après avoir porté plainte au commissariat (qui avait foutu ladite plainte aux chiottes parce que ces messieurs avaient d'autres félins à fouetter), s'était rabattu sur ma modeste personne laquelle, immodeste à souhait, lui promit monts et merveilles, à savoir que le type qui l'avait arnaqué serait non seulement épinglé par mes soins mais contraint de rembourser toutes les marchandises qu'il avait prises en dépôt-vente. Bref, le coupable était un colporteur. Un type qui crapahutait à travers mornes et savanes à bord d'une camionnette bâchée pleine à craquer de vêtements, sacs, chaussures, miroirs et autres babioles qu'il revendait à des vieilles femmes que les rhumatismes empêchaient de se déplacer ou à des types désireux de faire plaisir à bon compte à leurs femmes-dehors. Au début, tout avait roulé comme Blaise sur la falaise* : le colporteur s'était montré réglo avec le commerçant foyalais. Chaque samedi, il lui ramenait sa part du butin et repartait au fin fond de nos bucoliques campagnes avec un nouveau chargement. Sauf qu'au bout d'un moment, le premier espaça ses retours en ville et donc ses remboursements, tout en continuant à se faire livrer de la marchandise. La camionnette était conduite par son aide de camp, un escogriffe à moitié tèbè* qui répondait invariablement à toutes les questions du commerçant :

— Monsieur te fait dire qu'il va venir te voir la semaine prochaine. Monsieur a dit de charger comme d'habitude.

Naïf, le commerçant chargea quatre semaines, cinq semaines et au bout de la sixième, quand il n'entendit plus les pétarades caractéristiques du véhicule du colporteur qui arrivait dans sa rue, il comprit qu'il s'était fait avoir en beauté. De plus, le nom que lui avait donné son associé était faux, son adresse aussi (37, rue Voltaire, commune du Gros-Morne). Pire : la camionnette avait été volée deux ans auparavant et sa plaque minéralogique trafiquée. Accepter une telle enquête relevait de la folie pure ! Mais comme j'avais des courants d'air dans les poches, cela ne me fit point reculer. Sauf qu'au bout de deux semaines, je n'avais pas le plus petit début de commencement d'indice et le négociant commençait à s'énerver, s'imaginant désormais que le monde entier, y compris moi, s'employait à le gruger. Bref, j'étais en train de cogiter sur cet imbroglio lorsque notre rencontre se produisit.

— Des ennuis ? me lança l'inspecteur Maxence en s'asseyant à une table qui faisait face à la mienne.

Je l'entrevisageai, déjà prêt à le rembarrer, lorsque à une certaine lueur qui traversa son regard, je compris qu'il s'agissait d'un type bien. Un type pas comme les autres, un original sans doute, mais franc du collier.

— Oh, y a des jours sans, y a des jours avec... répondis-je prudemment.

— Vous permettez ?

Il se leva et s'assit d'autorité en face de moi. Se présenta sans façon comme inspecteur de police, divorcé, deux enfants, grand lecteur de Stendhal et fanatique de John Coltrane, adorateur du court-bouillon de poisson agrémenté de piment-bonda-man-jacques. On sympathisa d'emblée vu que sa philosophie de l'existence n'était pas si-tellement éloignée de la mienne. De ce jour, il me fila des tuyaux sur des enquêtes que la police était sur le point d'abandonner ou avait abandonnées, cela sans jamais rien demander en contrepartie, l'amitié, ou plutôt l'amicalité comme on dit en créole, étant, à ses yeux, la plus haute des valeurs humaines. Or donc, pour en revenir au cas de la demoiselle hispanique et son Sésostris d'amant, Maxo, comme il me demanderait désormais de l'appeler, ne disposait pas d'une miette d'info. Rien du tout. Zéro.

— Vous pensez bien qu'il y a belle lurette qu'on aurait épinglé le mec qui lui a sectionné les boules* ! me fit-il.

Et me voyant découragé, il ajouta :

— Mais ça ne veut pas dire que ce mec n'existe pas. Nous ne l'avons pas trouvé et nous avons enterré le dossier, c'est tout. Comme vous fréquentez les milieux interlopes, vous devriez bien pouvoir dénicher un indice, une piste, non ? Ha-ha-ha !...

Ce flic savait donc qui j'étais !

— Je croyais que c'était la Dominicaine qui avait fait le coup vu qu'elle est introuvable à ce jour !

L'inspecteur sourit. Il promit de me photocopier le dossier de l'affaire. Celle-ci était beaucoup moins simple que la presse ne l'avait décrite. Il avait ainsi été impossible de récupérer des traces d'ADN dans la chambrette de la pute car les murs et le sol avaient été littéralement barbouillés d'un mélange d'acide sulfurique et de sang de cochon. Mon nouvel ami soupira :

— Sésostris Ferdinand était sans doute un grand amateur de relations tarifées, un barbon priapique, comme l'a méchamment désigné l'éditorialiste de *Caraïbes News*, ajouta-t-il, mais il n'est pas sûr du tout que ce soit là la clef de l'énigme... Nous n'avons rien dit à la presse à l'époque, mais des dessins étranges encerclaient le cadavre. Des dessins faits avec de la farine...

— Du genre cabalistique ?

— Pas vraiment... Ça ressemblait à un rituel de quimboiseur plutôt. Je vais vous en sortir quelques photos, mais que cela reste entre nous, cher ami ! J'ai un commissaire Blanc-France qui n'est pas commode du tout-du-tout...

CHAPITRE 3

J'ai toujours respecté les ribaudes, les catins, les grisettes, les grognasses et autres drôlesses. D'ailleurs, quand je parle d'elles, j'emploie toujours le mot « péripatéticiennes » qui interloque en général mes interlocuteurs, ce qui, du coup, semble, à leurs yeux, rehausser ces dames à un niveau plus élevé sur l'échelle de l'humaine condition. « Travailleuse du sexe », n'est pas mal non plus, mais ça fait un peu trop marxiste à mon goût. Je m'étais d'ailleurs lié, de façon parfois charnelle, à une certaine Veronica del Monte, une fille canon qui, n'importe où en Europe ou aux États-Unis, eût été traitée comme la réincarnation d'Aphrodite en plus bronzée, mais qui arpentait nuit et jour les trottoirs de Foyal et vendait sa chair fraîche pour trente euros les huit minutes (montre en main) parce que là-bas, dans son pays, en Dominicanie*, une petite poignée de fumiers de descendants de conquistadors, prétendument apparentés à Isabelle de Castille, régnaient en seigneurs et maîtres sur une foultitude de nègres, de mulâtres, demi-Indiens et autres métis.

Elle exerçait rue Marat, en short ultracourt et

hyperserré, un gros cigare aux lèvres et une bouteille de bière Lorraine pas loin. Etcetera de fois elle avait essayé de m'aguicher et moi, pétri des principes moraux et religieux que m'avait inculqués ma tendre mère, je passais mon chemin, la tête haute, sans un regard pour elle. Jusqu'au jour, ou plutôt au soir où, alors que j'enquêtais sur une affaire de dette de jeu pour le compte d'un balourd de notaire, fou de poker, qui s'était fait plumer par une bande de lascars, elle me lança dans son jargon trilingue :

— Je sais ce que tu cherches, *mi amor. Conozco estos hijos de puta*[1]... Ils aiment se vanter, ces bougres-là. *Si ou ka fè an ti kokomiyon épi mwen, man ka ba'w non-yo, wi*[2]...

Je m'arrêtai pile. Il devait être dans les dix heures du soir. Les Terres-Sainvilles étaient plongées dans l'obscurité quasi totale et on entendait ici et là, à travers les ruelles du quartier, des sarabandes de chiens créoles. Une lune maigrichonne éclairait les toits, leur baillant un air fantomatique.

— Pardon ? rétorquai-je sottement.

— T'as bien entendu ! Pour ce qui te chagrine, je sais comment t'aider.

Effectivement, elle ne racontait pas de bobards comme je devais m'en rendre compte plus tard. Dans la chambre sordide où elle se livrait à ses activités vénériennes se trouvait un matelas, dépourvu de drap et placé à même le sol, qui puait à la fois la pisse, le foutre et la sueur. Par contre, les murs

1. Je connais ces fils de pute.
2. Si tu acceptes de me faire des câlins, je te donne leurs noms.

étaient tapissés de chromos de la Vierge Marie et de Jésus. Sur une petite table, une Bible en espagnol était grande ouverte. Quand elle se dévêtit, je ne pus m'empêcher d'écarquiller les yeux. Elle avait un corps parfait, celui dont rêvent les bourgeoises et qu'elles ne parviennent jamais à acquérir en dépit des régimes draconiens qu'elles s'infligent. Son sexe, entièrement rasé, ressemblait à une mangue-Julie. Ses seins à des abricots-pays. Ses tétons à des merises. Ses fesses à des calebasses mûres. Elle me plongea dans un abîme de délices et refusa que je la rétribue.

— C'est toi mon fiancé à présent, *mi novio*...

Nos ébats étaient cependant rares : une fois tous les deux ou trois mois. C'était elle qui avait imposé ce rythme et il n'y avait aucune possibilité de le discuter. Le reste du temps, elle n'attendait de moi que quelques paroles en sucre-saucé-dans-du-miel lorsqu'il m'arrivait de passer dans sa rue. Veronica del Monte était une romantique à sa manière. Lorsque je l'interrogeai à propos de Sésostris la première fois, elle déclara ne jamais l'avoir eu comme client, mais ne put dissimuler un léger frisson d'effroi.

— C'est... C'est celui qui a eu le machin coupé, c'est ça ?

— Tu vois que tu le connais !

— Non, j'ai entendu parler de lui comme tout le monde. *Tout radio té ka palé di sa*[1]...

Je n'insistai pas. Il ne fallait jamais brusquer Veronica qui avait un caractère si peu volcanique

1. Toutes les radios en parlaient.

qu'on en venait presque à douter qu'elle eût du sang ibérique. Elle n'était jamais partie prenante des querelles bruyantes qui opposaient ses consœurs et qui obligeaient le voisinage à faire appel à la police. Laquelle police se tenait en général à précautionneuse distance des ciseaux ou rasoirs que brandissaient ces dames en s'abreuvant d'injures en chapelets dans le doux idiome de Cervantès. La seconde fois, je fus plus chanceux.

— Ton Sésostris, il n'était pas réglo…

— C'est-à-dire ?

— Il promettait des choses et puis, *carajo*, il disparaissait !

— Des choses à qui ? Quelles choses ?

Veronica se referma comme une anémone. De l'autre côté de la rue, je reconnus son mac, une armoire à glace dominicaine qui se vantait d'avoir joué tantôt au base-ball tantôt au football américain dans une équipe très réputée de Miami, les Orlando je ne sais plus quoi. Il me fusilla d'abord du regard et au moment où je m'apprêtais à retirer mes pieds vite fait, m'apostropha :

— *Hombre*, je sais moi aussi ce que tu cherches !

S'approchant de moi, il me tendit la main, écrasant presque mes doigts. J'avais une trouille pas possible qu'il me rectifie le portrait. Le sien était couturé de cicatrices de coups de canif ou de rasoir et il était affecté d'une légère claudication due à une balle reçue à la cheville (comme je l'apprendrais plus tard), tout cela résultant d'accidents du travail, mais le vert bouteille de ses pupilles empêchait qu'il ressemblât tout à fait au petit frère de Frankenstein.

— *Me llamo Felipe-Juan*[1]. Mais tout le monde m'appelle Don Felipe ! Toi, c'est qui ?

— C'est un ami... Ne l'embête pas, s'il te plaît ! intervint Veronica.

— Ferme ta gueule ! N'oublie pas que t'as fait que deux cents euros hier soir. Je vais pas pouvoir supporter ta fainéantise très longtemps.

Je déclinai mon identité au mastoc. En fait, je me rendis compte qu'il savait pertinemment qui était le freluquet qui lui faisait face. Il m'invita à prendre un verre dans un bar à putes tout proche tenu par une Cubaine à l'accent canaille, laquelle déposa d'autorité un mojito* devant moi :

— Ça, c'est du rhum ! Du vrai !

Le mac de Veronica sourit. Il semblait disposer de tout son temps et prétendit être un joueur de conga émérite qui avait tourné dans les Antilles et en Amérique du Sud avec un orchestre, devenu mythique, « Los Reyes del Sol ». Pour me le prouver, il se mit à tambouriner sur notre table en me fixant droit dans les yeux. J'étais dans mes petits souliers et répondis à toutes les questions oiseuses qu'il me posa. Il voulait savoir si le boulot de détective privé rapportait gros et quand je le détrompai, il s'écria :

— Et pourquoi tu t'obstines, *hombre* ?

Là, il venait de me flanquer un uppercut du tonnerre de Brest. Je retournai ma langue trente-douze mille fois dans ma bouche avant de lui avouer que j'étais incapable de faire quoi que ce soit d'autre, malgré ma licence en droit. Don Felipe se marra :

1. Je m'appelle Felipe-Juan.

— J'aime les gars comme toi. Si je peux t'aider, tu me dis !

D'évidence, l'ancien joueur de base-ball se foutait de ma tronche et en plus son accent hispanique haut perché commençait à me porter sur les nerfs. Il ne faisait aucun doute que Veronica, sa protégée, lui avait parlé de mon enquête à propos du meurtre de Sésostris Ferdinand. Alors pourquoi tournait-il autour du pot, ce connard ?

— Alors comme ça, tu l'aimes ? grogna-t-il, l'air soudain mauvais.

— Qui ça ?

— Fais pas l'idiot, *hombre* ? Ma Veronica t'a tourné la tête, c'est ça ?... À moins que monsieur ne veuille la maquer.

Alors là, je tombais carrément des nues. Je n'avais jamais aimé une femme de ma vie et ce n'était pas demain la veille. J'attendais le grand amour comme le juif attend le Messie.

— Bon, je peux te la laisser, mais faut que tu y mettes le prix, OK ?

— Fixez un prix ! eus-je la mauvaise idée de plaisanter.

J'aurais pas dû. Les concours de testostérone, ça n'avait jamais été mon fort. Il me flanqua un violent coup de tête qui m'affaissa sur la table et la fit tanguer. Les bouteilles de rhum se crashèrent sur le sol crasseux et la propriétaire des lieux se mit à pousser les hauts cris. Des clients rigolaient dans un coin, aux trois quarts bourrés. Un filet de sang dégoulina de mon front et se sépara en deux branches avant d'investir mes yeux, mes joues et mes lèvres. Pendant que je tentais de me refaire une santé, une violente engueulade éclata entre l'armoire à glace dominicaine et la tenancière dont je ne compris pas grand-chose vu qu'ils espagnolisaient trop rapidement. Seul le mot *policia* émergeait de leur baragouinage. J'en déduisis que la dame ne voulait surtout pas avoir d'ennuis avec les collègues de l'inspecteur Maxence.

— Je rigolais moi aussi, fit Don Felipe, soudain rasséréné. On n'est tout de même pas des femmelettes ! On peut se caresser de temps à autre, non ? Regarde le monsieur, il ne m'en veut pas et toi, tu es là à nous fairc chier. Allez, dégage !

Je me rassis, toujours groggy. L'ex-joueur de baseball se mit alors à fredonner une chanson siroteuse de Julio Iglesias. Un instant, je songeai à m'escamper sans demander mon reste, mais il m'agrippa fermement le poignet et s'approchant à trois centimètres de mon visage ensanglanté, murmura :

— Le zigouillage de Sésostris, c'est supercompliqué, *hombre* ! Trop compliqué pour ta petite personne en tout cas. Y a du sexe là-dedans, de la borlette, des fausses factures et de la politique. Voilà ce que je tenais à te dire. Allez, tire-toi, toi aussi, avant que je ne me fâche pour de bon !

CHAPITRE 4

J'avais donc dégoté une piste. Une putain de piste quand bien même je ne prenais pas les propos du mac dominicain pour argent comptant ! C'était inespéré vu que les flics eux-mêmes avaient mis les Terres-Sainvilles sens dessus dessous et n'avaient pas été capables d'éclaircir le meurtre de Sésostris Ferdinand. Et cette piste n'était autre que la borlette. Il s'agit d'un mot haïtien désignant une loterie clandestine qui s'est répandue partout où les émigrés originaires de l'île de Toussaint-Louverture ont posé leur baluchon. Un pote à moi, professeur sur le campus de Schoelcher et spécialiste de la culture de ce pays qu'il nommait systématiquement « la première république noire du monde moderne », avait bien voulu m'affranchir :

— En Haïti, il existe bien une loterie nationale, mais la plupart des gens s'en détournent car elle est truquée.

— Comment ça truquée ? fis-je, ahuri.

— C'est simple : sous le régime de Papa Doc, les gros bonnets s'arrangeaient pour toujours toucher le gros lot à tour de rôle. Les petits gains, c'était pour le bas peuple. Ça a marché un temps, mais les gens sont pas cons, même quand ils crèvent de faim, et le bas peuple en question, il a fini par trouver la parade.

— Et cette parade, c'est la borlette, je présume.

— Exact, mon cher détective ! Mais ce sont des travailleurs haïtiens, originaires de la ville des Cayes et revenus de Cuba, qui l'ont introduite dans le pays. Le mot lui-même vient de l'espagnol *boleto* qui signifie « bulletin » …

Le principe de cette loterie parallèle était pour le moins astucieux : les parieurs remettaient leurs mises à des patrons de borlette, pompeusement désignés « banquiers », lesquels décidaient des rémunérations à partir des résultats de la Loterie nationale d'Haïti. Du coup, les gros bonnets et leurs coups fourrés se retrouvaient court-circuités ! Lorsque les Haïtiens se mirent à émigrer vers les autres îles de la Caraïbe et à Miami, les paris furent engagés aussi sur la loterie de New York, les matches de base-ball dominicains ou floridiens, voire certains matches de basket de la NBA. Donc les natifs d'Haïti qui résidaient en Martinique pratiquaient la borlette à tout va ! C'est vrai que comme tout un chacun, j'avais eu l'occasion d'observer leurs conciliabules sur la place de l'église des Terres-Sainvilles, à l'heure vespérale, et leurs curieux échanges de chiffres à mi-voix, mais outre que tout ça était bien mystérieux, je n'y avais jamais prêté attention.

— Et ça rapporte ? demandai-je à mon pote anthropologue.

— En général des sommes plutôt modestes, mais au moins, on peut espérer un retour sur investissement alors qu'avec la Loterie nationale d'Haïti, c'est zéro pointé… Bon, ça dépend aussi du sérieux des patrons de borlette. Y'en a qui se tirent avec la caisse, des fois… Avec le temps, ce truc a fini par être légalisé en Haïti et une Association des Tenanciers de Borlette y a même vu le jour.

En fait, des individus tels le célèbre Monsanto Petit, alias « Toto Borlette », m'apprit-il, avaient réussi à devenir millionnaires en multipliant les banques de borlette à travers le pays. Je commençai à me documenter sérieusement sur le sujet pour découvrir qu'il avait essaimé en République dominicaine et que les natifs de ce pays limitrophe d'Haïti étaient eux aussi devenus accros. Avant de repartir en enquête, j'eus l'heureuse surprise de voir débarquer la veuve éplorée laquelle, évidemment, tomba des nues. Ce jour-là, madame Sésostris avait enfilé une robe criminelle, enfin, je veux dire une robe si près du corps que n'importe quel mâle normalement constitué aurait eu envie de la renverser sur-le-champ et de jouer à la bête à deux dos avec elle. Je maîtrisai mes bas instincts et avalai (difficultueusement) ma salive. J'avais des factures en retard et c'était pas le moment de jouer au con.

— Du nouveau ? me lança-t-elle avec ce ton abrupt que j'adorais.

— Il me semble que oui…

Elle troussa subitement le nez. Une odeur fort peu agréable se dégageait, en effet, de l'arrière-salle où j'avais ma cuisine. Des restes de mon plat habituel – corned-beef et riz – trônaient au bord de l'évier depuis au moins trois jours.

— Ça vous arrive de faire le ménage ? m'agressa-t-elle.

— Heu… J'a… J'avais une personne qui s'en occupait mais j'ai dû me séparer d'elle dernièrement. Veuillez accepter mes excuses !

Madame Sésostris croisa les jambes, dévoilant des cuisses magnifiques, couleur de sapotille* mûre, qui faillirent me faire tomber du haut mal. Je révisai rapidement et mentalement les dix commandements pour savoir si l'un d'eux interdisait qu'on s'approprie une veuve, mais pour autant que je sache, Moïse n'avait pas prévu ce cas de figure. Il faut préciser que je suis un bon chrétien, même si je doute de l'existence de Dieu. Pour moi, la religion, c'est un truc terrestre, avec des curés et des enfants de chœur guillerets qui chantent à tue-tête, des vieilles femmes à mantille et bibles à tranches dorées, des processions exaltées. C'est surtout le chocolat et le pain au beurre des premières communions, le boudin noir à Noël et le matoutou de crabes à Pâques. Rien de métaphysique donc ! Bon, y avait ce truc des dix commandements qui faisait chier (pourquoi dix d'ailleurs et pas vingt ?), mais dans le cas qui m'occupait, j'étais pas en faute. J'avais parfaitement le droit de reluquer la veuve de Sésostris et d'imaginer des galipettes avec elle. Mais par chance, je fus sauvé grâce à la soudaine remémoration de ce trait d'humour des frères Goncourt dans leur Journal : « Il faut bien peu de pudeur à un homme et à une femme pour baiser sans êtres ivres. » Donc, comme je n'avais pas encore ingurgité mon « décollage », c'est-à-dire mon verre de rhum matutinal… Ah, au fait, j'ai complètement oublié de mentionner que la seule qualité qu'on me reconnaisse en ce bas monde, est ma mémoire phénoménale. Je suis hypermnésique, selon mon médicastre. Suffit que je voie un visage une seule fois ou qu'une phrase me frappe dans un journal ou un bouquin pour que ça se grave dans ma tête pour toujours !

— Revenons à nos moutons, fit la veuve, en allumant une Benson and Hedges.

— Tout à fait, rétorquai-je en ôtant de ma poche de chemise un cigarillo Davidoff parmi les cinq que je m'autorisais par jour sur les conseils du disciple d'Hippocrate précédemment évoqué.

Cela eut le don d'humaniser la dame qui se détendit et dix secondes durant, je réfléchis à ce drôle de verbe. « Humaniser » ! Visiblement les féministes n'avaient pas jusqu'à présent débusqué son étymologie machiste !

— Est-ce que votre mari manipulait de grosses sommes d'argent en liquide, ou bien préférait-il plutôt les chèques ?

— Eh ben, dans son métier, le liquide vaut mieux que les chèques, vous savez... Entrepreneur n'est pas une sinécure, cher monsieur. Les clients sont de vrais filous dans ce pays ! Ils n'hésitent pas à vous régler avec des chèques en bois et ça, mon Sésostris, il n'appréciait pas du tout.

Les factures qu'elle m'avait remises lors de notre toute première entrevue avaient donc été réglées en espèces sonnantes et trébuchantes. Sans compter que les montants indiqués ne devaient pas correspondre forcément aux sommes reçues, ce que la veuve reconnut volontiers. C'est elle qui était chargée, chaque lundi de beau matin, d'aller les verser sur les comptes de son mari au Crédit antillais et à la Banque internationale des Caraïbes.

Je me levai et fis quelques pas dans mon bureau pour me donner l'air de réfléchir profondément. J'avais mis un zinzin* dans l'esprit de ma cliente et en étais très content. Elle commençait sans doute à se rendre compte que les dizaines de milliers d'euros que manipulait son mari ne provenaient pas uniquement des villas qu'il construisait.

— Il vous remettait l'intégralité des recettes ou bien il se gardait de l'argent de poche ? attaquai-je.

— Heu… Il n'a jamais eu un chéquier. Écrire l'avait toujours ennuyé… Il payait tout ce dont il avait besoin en liquide.

— Vous ne saviez donc pas combien il conservait par-devers lui ?

— Pas vraiment, non… Souvent, il m'arrivait de récupérer un ou plusieurs billets de cent euros dans les poches de ses vêtements au moment de les mettre au lavage.

Lorsque je lui suggérai que son mari avait peut-être été patron de borlette, elle écarquilla les yeux. C'est quoi, ça, borlette ? Je le lui expliquai du mieux que je pus et, à mesure que j'entrai dans les détails, je sentis sa superbe assurance vaciller. Elle tenta de défendre l'honneur de son homme en assurant qu'il ne s'était jamais intéressé à quelque jeu de hasard que ce soit : ni loto, ni PMU, ni poker, ni paris sportifs.

— Il était amateur de combats de coqs tout de même, non ?

— Ce n'est pas un jeu, s'écria-t-elle, sincèrement outrée, ça fait partie de notre culture. C'est pas pareil !

Et toc ! Mais j'avais du répondant :

— Au fait, puisque nous parlons culture… Votre mari croyait au quimbois ?

La presque-sosie de Tina Turner se figea sur son siège. J'aurais dû remarquer la chaîne qu'elle portait au cou, chaîne en or au bout de laquelle pendait une croix sur laquelle gisait celui que le marquis de Sade a qualifié de « plat imposteur de Nazareth ». Très prévisiblement, elle se signa et me fusilla du regard.

— Donc si ce n'est pas à cause de la borlette qu'on l'a tué, ce serait pourquoi alors ? bifurquai-je.

— Je vous paye assez cher pour le savoir, cher monsieur !

Et la dame de se lever brusquement et de sortir sans m'adresser le moindre salut. Le pire c'est qu'elle avait foutrement raison : mon rôle n'était pas de jongler avec des hypothèses, mais de trouver des réponses à ses interrogations. Y avait que dans les polars que les détectives pouvaient se permettre de jouer de la sorte et c'est bien pour ça que j'abhorrais ce genre de bouquins (moi, mon truc, c'était la philo et accessoirement la littérature). Dans la vraie vie, en effet, on se devait de raisonner au plus près du réel et là, je me rendis compte que j'avais négligé un élément important de l'affaire. Un élément superimportant : MADININA-CONSTRUCTIONS. L'entreprise de Sésostris Ferdinand avait ses bureaux au Lamentin. J'enfourchai derechef ma 4L et, après m'être empêtré dans etcetera d'embouteillages sur l'autoroute, finis par atteindre l'entrepôt de marchandises importées de France et d'Europe pompeusement dénommé « zone industrielle ».

Au lendemain du crime, les locaux de l'entreprise avaient été placés sous scellés. Depuis, la secrétaire, deux coursiers et une bonne vingtaine d'ouvriers du bâtiment campaient à l'entrée des lieux, mobilisés pour empêcher une liquidation judiciaire pourtant inexorable, tout en jouant aux dominos. Ils m'accueillirent plutôt fraîchement. Il est vrai que je n'avais pas l'air très net avec ma cravate mal nouée et mon feutre qui n'avait aucune raison d'être en climat tropical.

— La charogne commence à rôder, aboya un type qui avait une tête de délégué syndical.

— MADININA-CONSTRUCTIONS n'est pas à vendre ! brailla un autre.

Interloqué, je fouillai rapidement dans ma mémoire.

— J'ai été enseignante toute ma vie, m'avait fait la veuve de Sésostris, gérer des employés, chercher des marchés et tout ça, ce n'est pas du tout dans mes cordes !

Je m'employai alors à rassurer la classe ouvrière sur mes intentions aucunement prédatrices à l'endroit de son instrument de travail, hésitant quand même à dévoiler l'objet de ma venue. Une femme, au regard ombrageux, me demanda si j'étais journaliste, ce que je m'empressai de démentir.

— Tu cherches quoi alors ? éructa-t-elle.

Je finis par capituler et à mon immense stupéfaction, la classe ouvrière s'apaisa tout soudain. C'était la toute première fois qu'elle voyait un détective privé en chair et en os ! Sauf qu'à part ma bedondaine normale de quadragénaire, j'étais davantage en os qu'en chair. Chacun y alla de son explication : Sésostris avait été entraîné dans un traquenard ; Sésostris s'était fait tourner la tête par cette pute dominicaine ; Sésostris avait dérespecté les règles de la franc-maçonnerie et avait payé ; Sésostris était la victime d'un règlement de compte politique et bla-bla-bla. Rien qui pût faire avancer mon enquête d'un poil. J'en avais quasiment le tournis et ne dus mon salut qu'à l'arrivée d'un huissier venu constater le blocage de l'entreprise, lequel huissier fut aussitôt pris à partie par les grévistes. Je filai vers ma 4L que j'avais garée à distance prudente des lieux, à l'ombre d'un pied de chacha, lorsque j'entendis des pas pressés dans mon dos. Je me retournai brusquement, adoptant une posture de karatéka au cas où, avant de réaliser ma méprise : il s'agissait d'un des ouvriers les plus âgés de MADININA-CONSTRUCTIONS. Enfin disons que sa tête complètement blanche indiquait qu'il avait franchi pas mal d'hivernages.

— Monsieur, s'il vous plaît… *man pé palé ba'w*[1] ?

De temps à autre, il jetait des regards inquiets à l'attroupement qui s'était produit autour de l'huissier. Les grévistes s'étaient emparés de la sacoche et envoyaient voltiger les documents qu'elle contenait dans tous les sens. Rassuré par le fait qu'aucun de ses camarades ne s'était rendu compte de son départ, il me lança :

— J'ai des choses pour vous… Vous permettez que je monte ?

J'acquiesçai et démarrai sur les chapeaux de roue, ne désirant pas trop m'attarder sur la scène où se

1. Je peux vous parler ?

déroulait un énième épisode de lutte de classes. J'aimais bien Marx, Lénine, Mao, Castro et tous les autres, mais j'étais bien trop convaincu de la saloperie inhérente au genre humain pour croire un seul instant qu'un système politique, aussi soucieux d'égalité fût-il, pût y changer quoi que ce soit. Pour moi, l'homme était une ordure de naissance et le resterait jusqu'à la fin des temps.

— Prenez par là, fit l'ouvrier, on sera plus tranquilles.

Il m'indiqua une route étroite, qui longeait une mangrove, envahie par les détritus et les carcasses de bagnole, et conduisait de toute évidence à quelque bord de mer.

— Vous n'êtes pas très causant, vous ? me lança-t-il au bout d'un moment, l'air un peu déçu.

— Je vous écoute, cher monsieur…

— On est méfiant aussi, hein ?… Détective privé ! On arrive à vivre de ce boulot dans ce pays-là ?

— Comme ci comme ça…

Au bout d'une interminable ligne droite, nous débouchâmes effectivement sur une minuscule plage fangeuse. Des bateaux de plaisance étaient amarrés à un quai, mais il n'y avait pas âme qui vive. Des crabes zagayas couraient en tous sens, effrayés par les pétarades de ma 4L.

— Monsieur Sésostris nous forçait à… jouer, lâcha l'ouvrier une fois que je me fus garé. Enfin, forcer n'est pas tout à fait le mot. Disons qu'il insistait fortement pour que chaque semaine, on parie un petit quelque chose, quoi…

— Jouer à quoi ? demandai-je hypocritement.

L'homme aux cheveux de coton se gratta la poitrine, visiblement embarrassé. Je devinais qu'il se demandait si j'étais quelqu'un de fiable ou pas. Après tout, la plupart des gens ne faisaient guère de différence entre un détective privé et un flic. Un jour, j'avais été pris à partie par une bande de jeunes en colère pas loin de chez moi parce que l'un des leurs venait d'être arrêté pour possession de cannabis. Au vu de la plaque qui indiquait fièrement les qualités du sieur Jacky Teddyson, ils s'étaient foutus en rogne et avaient tenté de la fracasser à coups de barre à mine. Je grillais mon troisième cigarillo de la journée, debout sur le trottoir afin d'éviter que l'odeur du tabac n'imprègne mon bureau, chose qui indisposait certains de mes clients. C'est Francelise qui me sauva la mise en se plantant devant les voyous et en injuriant copieusement le cul de leur mère et la chagatte de leur marraine.

— Vous... Vous connaissez ce jeu haïtien, c'est une forme de pari clandestin... reprit l'ouvrier.

— Non, je ne vois pas...

— Borlette que ça s'appelle... On parie sur la loterie d'Haïti ou de Miami. Parfois sur des matches de basket américains.

— Et les résultats on les obtient comment ? fis-je. Pas sur Radio-Martinique, France-Inter ou TF1, j'imagine...

Pour la première fois, l'homme s'apaisa et esquissa un sourire. Effectivement, l'îlot européen qu'est la Martinique en pleine mer des Caraïbes se trouve presque totalement coupé de son environnement anglophone et hispanophone. Si la moindre inondation dans le Var ou le plus insignifiant embouteillage sur l'autoroute A6 nous sont connus dans la minute qui suit, par contre, on ne sait pas trop ce qui se passe dans les autres îles antillaises et sur le continent américain, bien que Fort-de-France ne soit qu'à une heure trente d'avion de Caracas. Et cet enfoiré de Tonton Milo, chaque fois que j'arrivais en retard à l'asile des vieillards, lequel fermait ses portes à dix-sept heures tapantes, me sermonnait pour n'avoir pas écouté les conseils de Bison Futé.

— Par téléphone, je crois… reprit l'homme. Et puis, certains joueurs captent aussi les radios d'Haïti et de Saint-Domingue sur ondes courtes.

L'honorable monsieur Sésostris Ferdinand ramassait donc les paris chaque jeudi soir et réglait les gains le lundi matin. Il exigeait une mise de deux cents francs par semaine et par employé, somme considérable au vu des salaires maigres-zoquelettes que distribuait MADININA-CONSTRUCTIONS. De plus, au fil du temps, des employés ou ouvriers d'autres entreprises de la zone industrielle s'étaient pris au jeu et Sésostris récoltait pas moins de trente mille francs de paris chaque semaine. Aucun des parieurs n'employait le mot borlette, ils disaient tous « *bagay ayisien-an*[1] ».

— Pour dire la franche vérité, on n'en comprenait pas bien les règles… murmura l'ouvrier à cheveux de neige. Mais comme il y avait toujours quelqu'un qui gagnait, on ne s'emmerdait pas trop pour ça…

— Ça vous est arrivé, vous ?

— Oh ! En quinze ans, j'ai dû gagner combien

1. Le truc haïtien.

de fois ?... Deux fois, non, trois... Mais c'étaient pas des sommes énormes. Le mieux, ça a été douze mille francs. Mais depuis le passage à l'euro, j'ai toujours misé pour rien... Foutue monnaie européenne !

Il m'apprit qu'écœurés, pas mal d'ouvriers extérieurs à MADININA-CONSTRUCTIONS s'étaient peu à peu retirés du jeu, mais qu'avec l'extension de la zone industrielle, Sésostris recrutait régulièrement de nouveaux parieurs.

— Nous, par contre, ses employés à lui, on ne pouvait rien faire. Il nous obligeait à jouer !

— Si ça se trouve, celui qui l'a liquidé pourrait être l'un des vôtres, non ? attaquai-je brusquement.

L'homme eut l'air paniqué. Il me demanda de démarrer. Il fallait qu'il retourne au piquet de grève sinon ses camarades se poseraient des questions. Il n'était pas un lâcheur ! Je m'exécutai, perplexe. Quand je le déposai, il me serra la main avec une effusion qui me surprit.

— Tout cet argent, lâcha-t-il, les mots se bousculant sur ses lèvres, ça ne servait pas seulement à monsieur Sésostris pour entretenir des catins et mener une vie de pacha. Y avait des combines politiques en dessous. Et puis sa femme qui a cet amant plus jeune qu'elle, ce mulâtre prétentieux, hon !... On compte sur vous pour éclaircir les choses en tout cas. Merci !

CHAPITRE 5

L'inspecteur Maxence ouvrit de grands yeux lorsque je lui parlai de la borlette. Lui non plus n'en avait jamais entendu parler ! Il interrogea un de ses collègues venu lui porter un document.

— C'est un truc de pari haïtien ! Complètement incompréhensible… répondit ce dernier.

Il ajouta qu'il croyait savoir qu'elle se jouait à partir des numéros de loterie de pays étrangers, mais étant donné que ça n'avait jamais troublé l'ordre public, il n'y avait aucune raison que la police s'y intéresse. Et puis, il fallait bien que tous ces immigrés haïtiens et dominicains aient un peu de distraction, non ? Déjà qu'ils étaient exploités par des employeurs sans scrupules, on n'allait tout de même pas leur chercher noise pour si peu. Les sommes mises en jeu étaient d'ailleurs dérisoires, conclut-il d'un air satisfait. Je devinais qu'il était fier d'en remontrer à l'inspecteur Maxence dont les airs d'intello devaient l'agacer prodigieusement.

— Donc si je comprends bien, ton Sésostris donnait aussi dans les paris clandestins ? me fit-il lorsque son collègue eut quitté la pièce.

— J'en suis persuadé… J'ai examiné de près les factures que sa veuve m'a remises. Il n'est pas imaginable que ce bougre ait pu verser près de dix mille euros chaque semaine sur ses comptes. Je sais bien que depuis la loi de défiscalisation, la construction rapporte gros, mais tout de même !

L'inspecteur Maxence perdit son air d'ennui perpétuel. Il en avait par-dessus la tête des enquêtes banales que lui confiait son commissaire, un colonial dénommé Clerveaux qui avait fait l'Indochine, puis l'Afrique de l'Ouest et se foutait des nègres et de leurs macaqueries, comme il aimait à le claironner.

— En ce moment, je suis sur l'affaire du type qui a flingué son voisin au Vert-Pré. Paraît que ledit voisin sautait sa femme en douce…

— Du cousu main !

— Comme tu dis ! Crime passionnel tout ce qu'il y a de passionnel. Et après, on dira que les nègres sont dépourvus de sentimentalité. Ha-ha-ha !

L'inspecteur Maxence promit de faire rouvrir le dossier Sésostris, quoique sans grande conviction dans la voix. Il savait que pour son supérieur hiérarchique, toute affaire classée l'était définitivement au motif qu'« on est sous les Tropiques ici, pas à Charleville-Mézières, et qu'on ne va pas se faire chier à réveiller de vieilles histoires ». En fait, ce que j'attendais, c'est que mon ami me donne un coup de main en dehors de son service. L'inspecteur Maxence s'était déjà prêté à ce petit jeu à maintes reprises et tout s'était bien passé. Toutefois, il y avait un hic dans l'affaire Sésostris : il s'agissait d'un meurtre. Tant qu'on avait affaire à des maris cocus, des dettes ou des recherches en paternité, cela ne prêtait pas à conséquence, mais là, c'était du sérieux. Du très sérieux même vu que le nommé Sésostris se trouvait être l'un des plus gros bailleurs de fonds des partis de droite. Ne se vantait-il pas d'ailleurs d'avoir un père qui avait rejoint les Forces françaises libres sous le régime de ce pétainiste d'amiral Robert ? Monsieur était par conséquent un gaulliste héréditaire.

— Sans sombrer dans le délire, soliloqua l'inspecteur Maxence, l'argent de la borlette a pu servir à envoyer des députés à l'Assemblée nationale… À commencer par ce prétentieux de Jacques-André Salbert qui a dû être le premier à en avoir bénéficié…

— Eh ben, peut-être que oui, mon vieux !

— J'ai toujours crevé d'envie de lui poser quelques questions.

— Paraît qu'il monnaye ses interventions dans les ministères parisiens, fis-je.

— Si ce n'était que ça ! On a failli le coincer dans une embrouille d'appels d'offre truqués l'an dernier dans sa commune de Morne L'Étoile. La presse n'en a évidemment pas parlé, sauf l'hebdo *Caraïbe-News*. Tout ce qui touche au député-maire Salbert est tabou, n'est-ce pas ?

L'inspecteur Maxence, ne disposant pas de commission rogatoire, ne pouvait perquisitionner chez lui. Moi, par contre, j'aurais pu m'y faufiler ni vu ni connu comme ça m'était déjà arrivé dans d'autres affaires, mais pour ça, il aurait fallu que je parvienne à amadouer les deux rottweilers survitaminés qui gardaient l'impressionnante villa de

Salbert au quartier Didier. Cet endroit était jadis le fief de l'aristocratie blanche créole jusqu'à ce qu'au tournant des années soixante-dix, elle prenne la discampette suite à l'arrivée de riches mulâtres et Syriens. Salbert, lui, était un nègre bon teint par contre, et sa négritude était son fonds de commerce électoral. Démagogue comme c'est pas permis, il commençait chacune de ses conférences par le rappel de ses origines modestes (« Je suis né au mitan des champs de canne de Rivière-Salée comme le héros du fameux roman de Joseph Zobel, *La Rue Cases-Nègres* »), de la misère qu'il avait endurée dans son enfance (« Nous faisions un seul repas par jour et c'était fruit à pain et morue séchée »), du racisme qu'il avait subi de la part de ses condisciples métis et fortunés lorsqu'il était interne au lycée Schoelcher et enfin des avanies qui avaient ponctué son quotidien lors de ses études de médecine à Bordeaux, le tout avec des trémolos dans la voix qui arrachaient des larmes et provoquaient parfois des évanouissements chez ses supportrices.

— Je suis un nègre indéfectible et ne cesserai jamais de l'être, mes chers compatriotes ! proclamait-il dans son français tantôt guindé tantôt ampoulé.

Je savais, pour ma part, où retrouver sa trace. J'avais appris qu'il entretenait une femme-dehors* à Renéville, une grosse dondon noire comme avant-hier soir qui jurait avec son officielle, mulâtresse filiforme qui communiait tous les dimanches à la cathédrale de Fort-de-France et dont le seul et unique passe-temps était les œuvres de charité. Rien ne pouvait rester très longtemps caché dans ce petit pays ! Le député Salbert s'était toutefois fabriqué une couverture : il était coutumier de visites chez l'habitant afin de ne pas perdre contact avec le « bon peuple » comme il disait. Il pouvait ainsi débarquer chez n'importe qui à n'importe quelle heure et réclamer un verre d'eau (il n'acceptait jamais de rhum de peur d'être empoisonné) ou feindre d'être en quête de renseignements. Le vulgum pecus appréciait beaucoup. Ce n'était pas tous les jours que les politiciens condescendaient à s'intéresser à leur petite existence. Bien entendu Salbert en profitait pour satisfaire ses appétits vénériens auprès de femmes esseulées ou de jeunes filles dévorées par l'ambition.

— Tu le changeras quand, ce tacot ? me lança l'inspecteur Maxence en embarquant dans ma 4L fatiguée.

Lui, il roulait à moto. Après son divorce, il avait carrément changé de vie. Son modeste bateau de plaisance, amarré au Yacht-club, lui servait désormais de domicile et c'était là un bon prétexte pour ne recevoir personne. Le bougre était devenu un solitaire endurci. Au fond, nos deux trajectoires n'étaient pas si différentes, sauf qu'à ma connaissance, il ne courait pas la gueuse et se gaussait de mes mésaventures dans ce domaine. Comme il portait beau, la gent féminine se montrait très avenante avec lui, chose qui, à l'entendre, lui facilitait la tâche. Hélas, ce soir-là, la maîtresse du député Salbert n'était pas d'humeur tendre du tout ! Dès que nous descendîmes de voiture, elle jaillit de sa minuscule véranda pour nous engueuler :

— Je paie des impôts pour quoi faire, hein ?

Vous arrivez toujours trop tard, vous la police. Je viens de me faire cambrioler !

Elle chassa des voisins curieux qui avaient accouru, lesquels battirent aussitôt en retraite. Apparemment, elle était la forte tête du quartier. Sa taille impressionnante (près de deux mètres) atténuait sa forte corpulence. Sa peau d'obsidienne brillait magnifiquement, mais elle avait un visage quelconque au mitan duquel étaient plantés deux yeux minuscules dont les cils s'agitaient sans cesse.

— Je suis la concubine de Salbert, lâcha-t-elle en nous ouvrant sa barrière. Ça, tout le monde le sait. Pas la peine de s'en formaliser ! Vous venez pour quoi au fait ?

Son chez-elle était encombré de plus de meubles qu'il n'en pouvait contenir, tous de mauvais goût, et les murs étaient décorés de tableaux représentant des scènes de chasse en Europe visiblement achetés des mains de quelque colporteur syrien.

— On… On vient pour monsieur Salbert justement, répondis-je, un peu intimidé.

— Quoi ? Qu'est-ce qu'il a encore fait comme couillonnade, celui-là ?

— Rien, rassurez-vous, intervint l'inspecteur Maxence en souriant, ce qui eut le don de diminuer l'ire de la dame.

En fait, les cambrioleurs n'avaient touché qu'à une armoire dont ils avaient démoli la porte et forcé les tiroirs. Maxo et moi ne pûmes nous empêcher de sourire : la grosse dondon, qui se prénommait Justina, n'avait que des culottes de couleur noire. D'éléphantesques culottes dans lesquelles deux femmes de corpulence normale auraient pu tenir.

La dame redoutait donc les visites nocturnes des incubes qu'en créole on appelle « dorlis ». Porter une culotte noire à l'envers est censé, en effet, protéger de leurs assauts.

— Regardez pas ça ! s'énerva-t-elle en rassemblant à la hâte son attirail antiviol. Salbert déposait des documents importants chez moi. Je les cachais dans ces tiroirs. Personne ne vient ici et franchement, je ne comprends pas que les voleurs soient allés directement là. C'est incroyable !

Pour de bon, le reste des pièces était intact. Ni la télé grand écran, ni la chaîne stéréo n'avaient intéressé les cambrioleurs, pas plus que la boîte à bijoux de Justina qui, imprudemment, reposait sur sa table de nuit. Seule l'armoire avait été visitée et au bon endroit, s'il fallait l'en croire. Maxo voulut en avoir le cœur net :

— Quand vous dites que vous ne recevez personne, cela signifie que vous n'avez ni enfant, ni parent, ni même ami qui vous rende visite de temps à autre ?

La maîtresse de Salbert, coquette en dépit de sa quarantaine avancée, s'attacha les cheveux à l'aide d'un madras* bleu ciel et nous proposa un Martini, nous faisant asseoir dans ses fauteuils en similicuir dont elle avait l'air d'être très fière.

— Vous n'avez pas répondu à ma question, rétorqua-t-elle. C'est la femme de Salbert, cette maigrichonne, pâle comme une cristophine*, qui vous envoie, c'est ça, hein ?

— Pas du tout ! dis-je en humant mon verre.

— Vous me voulez quoi alors ?

— Ferdinand Sésostris, ça vous dit quelque chose ?

Justina manqua de défaillir, mais se reprit à temps. Elle avala son Martini cul sec et prit un air détaché.

— L'entrepreneur qu'on a castré à Terres-Sainvilles en début d'année ? Oui, je le connais, mais sans plus…

— C'est-à-dire ?

— Il est membre de la Fédération gaulliste. Enfin, il était l'un de ses gros donateurs, je crois…

Soudain, à notre immense stupéfaction, la dame s'effondra en larmes. Elle se rencogna dans son fauteuil, son verre toujours à la main, la poitrine hoquetant de manière saccadée. Maxo reprit aussitôt ses instincts d'inspecteur Maxence et lui fit d'une voix posée :

— Tout ce que vous nous révélerez restera entre nous, je vous le promets !

En fait, le député Salbert ne cachait pas seulement des documents importants chez sa cocotte, mais aussi de l'argent. Beaucoup d'argent ! Évidemment, le cambrioleur s'était éclipsé en emportant aussi le magot.

— Vous aviez combien en ce moment ? demandai-je, l'air de rien.

— Dans les… Attendez-voir… Dans les vingt mille euros, quelque chose comme ça…

— Bigre ! Ils sont bien généreux les militants gaullistes martiniquais. Mais dites-moi, le parti de Salbert possède un compte en banque, non ?

— Ça, je ne sais pas, répondit Justina qui avait recouvré une partie de ses esprits. Je ne me mêle pas des affaires politiques de Jacques-André. Je l'accompagne parfois dans les meetings, c'est tout…

Depuis bientôt cinq ans, le député apportait des sommes colossales chez sa maîtresse, sommes dans lesquelles il puisait régulièrement, surtout en période électorale. Salbert semblait avoir entière confiance en elle bien qu'elle fût loin de rouler sur l'or et eût pu être tentée de le délester de quelques liasses.

— Je ne sors pas avec lui pour l'argent, soufflat-elle comme si elle lisait dans nos pensées. On est des amis d'enfance… N'oubliez pas qu'il vient d'une famille pauvre, très pauvre même ! Son père était docker occasionnel et sa mère faisait des ménages chez les bourgeois… Il a fait son chemin depuis, est devenu médecin. On s'est donc longtemps perdus de vue et puis, la vie a fait qu'on s'est ressoudés, voilà tout !

Justina avait l'air sincère. Maxo me fit un signe de tête. Nous ne tirerions plus rien d'elle. Il lui conseilla, avec un sourire ironique, de venir faire une déclaration le lendemain au commissariat et la gratifia, curieusement, d'un baisemain. Elle ne prononça plus un mot mais nous raccompagna à ma 4L. Dehors, un attroupement s'était formé. La nouvelle du cambriolage s'était répandue à la vitesse d'une mèche. Pressée de questions de toutes parts, la grande perche rebroussa chemin à grandes enjambées tout en jurant entre ses dents.

— Eh ben, ça nous fait déjà deux pistes de confirmées, fis-je à Maxo en démarrant. La piste borlette et la piste financement occulte de parti politique. Pas mal, non ?

— Ouais, sauf qu'elles ne collent pas trop entre elles…

CHAPITRE 6

Le député-maire Jacques-André Salbert était l'affabilité faite homme. Dès l'instant où il reconnaissait en vous un électeur de sa circonscription. En fait, il avait mis au point, avec une équipe d'affidés, tout un système d'épluchage des listes électorales qui lui permettait de repérer les abstentionnistes invétérés de mon espèce. À ces derniers, il faisait une cour assidue, leur adressant des cartes de vœux personnalisées le jour de leur anniversaire, les faisant accompagner d'un bouquet de fleurs lorsqu'il s'agissait de quelque jolie femme. Trouver des jobs à la progéniture de ces récalcitrants, leur faciliter l'obtention d'un permis de construire ou d'une allocation quelconque auprès de la Sécu complétait sa panoplie de charmeur et avait pour résultat de les conduire inévitablement aux urnes aux prochaines consultations électorales. Apparemment le « gaulliste dans l'âme », comme il aimait à se définir sur les tréteaux, ne m'avait pas localisé. Il est vrai que ma double identité ne facilitait guère les choses et surtout le fait que durant des années, j'avais navigué de maison en maison jusqu'à ce que mon oncle finisse par me léguer la sienne au quartier Bas-Calvaire. Ce n'est pas trop le moment d'évoquer cette période sombre de ma vie, mais il est tout de même bon de savoir qu'avant de devenir Jack Teddyson, j'avais tiré le diable par la queue et la diablesse par les couettes. De retour de France, après ma licence en droit à la fac d'Assas, j'avais traînassé dans ma chambre d'enfance, prétextant la rédaction d'une thèse de doctorat avant de partir vivre avec une Indienne-Koulie* à Basse-Pointe, laquelle me flanqua à la porte au bout de quelques mois parce que je ne rapportais pas un « sou marqué », comme elle disait, au foyer et surtout parce que je renâclais devant les jeûnes sévères (pas de viande, pas de sexe, etc.) qu'elle s'infligeait à intervalles réguliers pour complaire à une divinité hindoue au nom imprononçable. Je m'étais donc rapatrié en ville où j'avais dégoté un boulot de correcteur dans un journal associatif dont la secrétaire de rédaction, une chabine torride, m'arraisonna comme un vulgaire bateau de pêche qui aurait pénétré illégalement dans les eaux territoriales d'un pays étranger. Élise avait du chien et du nez. De la chienne plus exactement car elle adorait la levrette. Du nez parce qu'elle ne mit pas très longtemps à se rendre compte que je n'étais pas le prince charmant qui pourrait lui bailler la villa de ses rêves et l'existence confortable dont elle avait toujours rêvé. Je me retrouvai donc, un beau matin, avec un sachet de livres et une petite valise à la main – mes seuls biens en cette vallée de larmes – à arpenter les ruelles du quartier Plateau Fofo où elle habitait. Je ne me résolvais pas à quitter les lieux, ne désespérant pas qu'elle changerait d'avis. Je dormis à la dure trois ou quatre jours de suite (on était, heureusement, en pleine saison du carême) jusqu'à ce que celle qui voudrait à tout prix, quelques mois plus tard, me conduire aux travaux forcés matrimoniaux, Franceline donc, s'apitoie sur mon sort. Pourtant, j'avais pris soin de l'avertir d'entrée de jeu :

— C'est pas que je sois contre le mariage, chérie-doudou-cocotte, mais bon... Cela vaut-il vraiment la peine d'acheter un cochon entier juste pour avoir une petite saucisse ?

Elle s'en revenait de la messe et portait une jolie robe blanche à dentelles. Sa peau de négresse bleue m'émoustilla immédiatement bien que je n'eusse pas avalé de vrai repas depuis que la chabine m'avait mis à la porte, que je ne me fusse pas rasé et que je ne me fusse lavé que sommairement à l'une des dernières fontaines municipales encore en activité. Elle m'accueillit alors chez elle, le temps que je réussisse à louer un appart minable à la rue des Syriens, pas loin d'un magasin fort populaire dénommé « L'Étoile de Damas ». Minable et surtout bruyant car à l'étage d'en face éclataient plus souvent que rarement de violentes altercations en arabe, toujours après minuit, ce qui perturbait mon sommeil déjà pas brillant. Renseignements pris, il s'agissait de joueurs de poker clandestin.

Tout ça pour dire que bien que n'ayant jamais déposé un bulletin dans l'urne, il était peu probable que les affidés du député Salbert aient pu m'identifier comme un électeur potentiel. Ce qui explique que ce dernier m'accueillit plutôt fraîchement. Je m'étais rendu à sa permanence, rue Victor-Schoelcher, au motif fallacieux d'une recherche universitaire sur le gaullisme tropical. Ma pseudo-thèse, soit dit en passant, me servait souvent d'alibi pour approcher des personnages importants ou avoir mes entrées dans des endroits réservés à la nomenklatura.

— Donaldson ? C'est pas français, ça ! me lança le parlementaire. Vous êtes d'origine saint-lucienne* ? Dominiquaise* peut-être ?

— Dominiquaise, mentis-je. Par mon grand-père…

— En quoi puis-je vous être utile, cher monsieur ?

La grappe de gens venus solliciter quelque aide ou faveur avaient l'air de s'impatienter. Je devinai qu'ils étaient là depuis le devant-jour* et qu'ils commençaient à en avoir marre de poireauter dans ce local étouffant dont les murs étaient couverts de photos du général de Gaulle, en uniforme et tenue de ville, ainsi que de croix de Lorraine. Une militante se débattait sur un coin de table avec une masse impressionnante de documents, l'air dépassée.

— Je suis un voisin de Justina à Renéville, annonçai-je avec un aplomb qui me surprit moi-même. C'est elle qui m'envoie.

L'élu de la République fronça les sourcils et m'observa de la tête au froc. En tant que membre de l'espèce animale appelée « homme », je compris qu'il se demandait si je sautais sa femme-dehors favorite, ce qui m'obligea à prendre les devants :

— En fait, mon épouse et elle font partie du même groupe de prières à l'église de Sainte-Thérèse…

— Ah oui… se radoucit-il.

— Je suis venu voir si je peux apporter un soutien à votre mouvement politique. Tous ces communistes et gauchistes qui tiennent le haut du pavé depuis quelque temps, ça commence à m'inquiéter…

— Vous oubliez surtout le parti progressiste, mon cher monsieur ! Avec un Aimé Césaire à leur tête, pas étonnant que ces moscoutaires recueillent les suffrages de la populace. Moi, j'ai jamais cru aux balivernes du poète ! Sous des dehors mielleux, c'est un anti-français. Son vœu secret, c'est l'indépendance de la Martinique. Rien d'autre !

J'acquiesçai et me permis de lui serrer les deux mains, ce qui le surprit. Il me fit entrer dans son bureau au grand dam des quémandeurs arrivés avant moi. L'endroit était climatisé et doté de fauteuils rotatifs des plus confortables.

— Qu'avez-vous pensé de l'amendement que j'ai déposé à l'Assemblée nationale la semaine dernière ? me lança-t-il tout de go, manière de me tester.

Manque de pot pour lui, j'avais passé deux semaines à potasser les faits et gestes du député Salbert dans la presse tant locale qu'hexagonale et lui rétorquai du tac au tac :

— Je vous ai trouvé absolument convaincant. Il faut, en effet, un allègement des taxes douanières sur les médicaments.

— Il y va de la santé de notre peuple ! C'est primordial pour moi. Mais dites-moi, vous faites quoi dans la vie ?

J'hésitai durant dix secondes qui faillirent m'être

fatales. Édouard Donaldson était représentant de commerce ! Pas du genre habituel. Il ne bossait pas pour les sociétés françaises installées en Martinique, mais s'adonnait au commerce interîles. Logique pour un descendant de Dominiquais.

— Ah bon ? fit Salbert sincèrement étonné et surtout fort intéressé. Vous êtes donc une pacotilleuse, si je comprends bien. Enfin, un pacotilleur devrais-je dire, mais je ne sais pas si ce mot existe au masculin. Vous revendez quoi ?

— De la pacotille justement ! répondis-je tout sourire. J'achète du bay-rhum* à Sainte-Lucie, des peignes en écaille de tortue à Saint-Vincent, des fers à défriser les cheveux à Barbade, des pommades aussi pour les maux de tête. Parfois, il m'arrive d'aller au Venezuela où l'or n'est pas cher.

— Et la douane vous laisse aller et venir tranquillement ?

— Disons que nous avons nos petits arrangements...

Salbert prit un air hypocritement outragé et moi, un air (tout aussi hypocritement) penaud. J'eus peur un instant qu'il me flanque à la porte, mais une lueur de convoitise éclaira son regard. Il me posa encore quelques colles sur le gaullisme auxquelles je répondis comme si j'avais passé le grand oral de Sciences-Po (en réalité, j'avais fréquenté assidûment la bibliothèque Schoelcher à mes heures perdues). Final de compte, il demanda à sa secrétaire de lui apporter un formulaire d'inscription.

— Monsieur Donaldson, je suis heureux qu'un citoyen tel que vous décide de se mettre au service de la patrie. De nos jours, nous ne sommes plus si nombreux à accepter de faire un tel sacrifice, vous savez…

Je me mis à remplir consciencieusement le document sous le regard attentif du député qui à la rubrique « Profession » me demanda d'inscrire « Chef d'entreprise ».

— Pacotilleur, ça ne fait pas très… comment dire ?… très catholique. Vous savez à quel point les Martiniquais sont bourrés de préjugés, n'est-ce pas ?

Je hochai la tête pour marquer mon approbation, mais une putain d'inquiétude commençait à me ronger. À la rubrique « Cotisation », il y avait trois cases : « Cotisation simple » à 100 euros, « Cotisation de soutien » à 300 et « Cotisation exceptionnelle » à 500. Il n'y allait pas de main morte, le fumier ! Impossible de cocher la case n° 1. Je perdrais toute crédibilité à ses yeux. Je pouvais me rabattre sur la n° 2, mais dans ce cas, mon chèque risquait d'être tout bêtement sans provision. C'est que je vivais sur la corde raide. Certes, je n'avais plus de loyer à payer depuis que mon oncle était monté en Galilée*, mais j'étais accablé par les factures d'eau, de téléphone, d'électricité et surtout les impôts fonciers. C'est alors que le fils-dehors du béké me sauva la mise ! En effet, quelqu'un frappa à la porte du bureau de Salbert et y pénétra sans attendre de réponse. Il s'agissait d'un mulâtre, dans la trentaine, cravaté Christian Dior et costumé Hugo Boss. Je faillis tomber à la renverse. C'était Saint-Hubert ! Je ne l'avais pas revu depuis des mois. En fait, depuis le jour où il avait été fasciné par le popotin de Francelise qui s'adonnait à son cirque habituel devant chez moi, et dont il était tombé amoureux fou sur-le-champ. Elle avait insisté pour me le présenter et moi j'avais, par la même occasion, fait d'une pierre deux coups : je me débarrassais d'une chieuse qui me harcelait pour que je publie nos bans et je venais de retrouver le fils du vieux planteur que je cherchais en vain. Il n'avait pas eu trop l'air de comprendre quel lien m'unissait avec sa dulcinée subite, mais quand je prononçai le nom de Meynard de Queilhe, il parut intéressé, quoique modérément.

— Ma mère m'a eu, en effet, d'un Blanc créole alors qu'elle était très jeune, fit-il sans façon, puis elle a émigré en France et n'a jamais voulu me parler de lui. Je n'en tire aucune gloire, loin de là !

Il était cadre dans une institution bancaire et gagnait bien sa vie. Si son géniteur désirait faire une reconnaissance en paternité, il était un peu tard.

— Saint-Hubert me va très bien. Je n'ai nul besoin d'une particule ! ajouta-t-il sans agressivité aucune.

— Oui, mais s'il est prêt à te léguer un petit quelque chose, intervint Francelise, tu ne vas tout de même pas cracher dessus.

— Sans compter qu'il vous doit bien ça ! conclus-je, alléché à l'idée de pouvoir boucler cette affaire et toucher le pactole que m'avait fait miroiter son descendant d'esclavagiste de géniteur.

Saint-Hubert se mit à réfléchir. Il n'était pas du genre, déformation professionnelle oblige, à prendre des décisions au pied levé. Il dévia habilement la conversation sur ma profession et m'informa qu'il était tout à fait possible pour sa banque d'avoir recours à mes services étant donné le nombre d'impayés auxquels elle faisait face depuis quelque temps. Eh bien, c'est exactement la même personne qui pénétra dans le bureau du député Salbert. Le même homme calme, pondéré, très sûr de lui et qui me serra les mains avec vigueur mais qui, qu'Allah en soit remercié, ne sembla pas me reconnaître. Il ne broncha pas en entendant mon nom, enfin mon faux nom de Donaldson, je veux dire.

— Ce brave citoyen est venu nous proposer ses services, déclara le parlementaire. Comme quoi nous n'avons aucune raison de désespérer du bon peuple !

— J'ai toujours eu confiance en lui, rétorqua Saint-Hubert de son ton équanime un peu agaçant. Notre peuple a souffert des siècles durant mais il a su garder les yeux ouverts.

Et se tournant vers moi :

— Et d'ailleurs, compagnon, pour fêter votre venue parmi nous, permettez que je règle votre cotisation !

Et le haut cadre de la Banque internationale des Caraïbes de sortir royalement un chéquier de la poche de sa veste, d'ôter cette dernière et de s'asseoir dans l'un des fauteuils avant de rédiger un chèque de cinq cents euros, sa petite tache en forme de pomme-cannelle bien visible, sous sa chemise transparente, sur son avant-bras droit. Voici que je devenais membre d'honneur de la Fédération martiniquaise du parti gaulliste ! J'en profitai pour prendre congé de Salbert. Après tout, je n'étais pas venu lui poser des questions à propos de Sésostris Ferdinand, mais pour l'approcher de plus près et là, force était de reconnaître que j'avais réussi un coup de maître. Enfin, n'exagérons rien ! Le hasard avait fait que j'avais réussi mon coup au-delà de mes espérances.

— Au fait, tenez-moi au courant de l'avancement de votre thèse de doctorat, monsieur Donaldson, ça m'intéresse au plus haut point ! me lança-t-il, rigolard. J'apprécie les citoyens comme vous qui ne se contentent pas d'une seule activité…

CHAPITRE 7

Le matin, après m'être préparé un grand bol d'eau de café, souvenir de ma lointaine enfance (c'était notre seul déjeuner avant d'aller à l'école), je parcourais longuement la rubrique nécrologique, puis les annonces légales d'*Antilles-Matin* qu'un petit vendeur de rue glissait par les persiennes du rez-de-chaussée. La première pouvait être une mine de renseignements indirects car y étaient indiqués les nom, prénom, surnom, âge, activité professionnelle et commune d'origine des macchabées, avec en prime la liste de leurs parents, amis, concubins ou concubines, maîtresses et collègues de travail. Un vrai Bottin macabre, quoi ! Cela m'avait aidé deux-trois fois à faire des rapprochements qui avaient soudainement éclairé les enquêtes que j'étais en train de mener. Quant à la seconde rubrique, elle me permettait de savoir qui créait telle ou telle société ou bien la mettait en liquidation. Là encore, j'y avais, en diverses occasions, piqué des renseignements précieux. Ce jour-là, je faillis tomber à la renverse. Je lus et relus etcetera de fois l'annonce qui avait accroché mon regard :

MADININA-CONSTRUCTIONS

SARL en liquidation au capital de 240 000 euros
Siège de la liquidation : Petit Macabou
97.280 Le Vauclin
321 236 476 RCS Fort-de-France

L'assemblée générale extraordinaire du 12 mars 2003 :

— a décidé la dissolution anticipée de la société et la vente de son siège social du Vauclin ainsi que leur liquidation amiable sous le régime légal

— a fixé le siège de la liquidation à l'adresse de la société (zone industrielle du Lamentin)

— a constaté que cette décision mettait fin au mandat de gérance de Mme Irmine Ferdinand et a nommé en qualité de liquidateur pour la durée de la liquidation : Mme Irmine Ferdinand, demeurant Plateau Didier, 97-200 Fort-de-France

Je ne fis ni une ni deux, je fonçai chez l'envoûtante Irmine. Il était un peu tôt pour débarquer chez les honnêtes gens, mais tant pis, il fallait que j'en aie le cœur net. Ah, j'ai complètement oublié de vous dire que j'en étais, progressivement, arrivé à placer la veuve de l'entrepreneur en numéro un sur la liste des suspects. L'inspecteur Maxence, lui, penchait pour le député Salbert dont les hommes de main, charitablement désignés « dogs » en créole, étaient renommés pour leur brutalité. L'un d'entre eux avait d'ailleurs été condamné à plusieurs années de prison après avoir plongé un bec d'espadon dans la cuisse d'un opposant à son patron, au cours d'un meeting.

— Si on découvre que Salbert finançait son parti grâce à des fausses factures et à la borlette, sa carrière politique est fichue ! argumenta-t-il.

— Mais qui l'aurait découvert ? Leur combine était bien huilée et durait depuis des années sans la moindre anicroche, si je ne m'abuse.

— M'est avis que le sieur Sésostris, pour des raisons que j'ignore, était prêt à vendre la mèche. Ce qui explique qu'on l'ait rectifié avant !

Madame Sésostris écarquilla les yeux en me voyant. Elle était encore en robe de chambre et avait des poches sous les yeux. Sans maquillage et sans ses vêtements ultra-sexy, elle ne cassait pas trois pattes à un canard. Elle ne ressemblait plus tellement à Tina Turner, je veux dire. Elle m'invita à m'asseoir sur sa véranda qui donnait sur une piscine en forme de coquillage et rentra se changer. La maison – une horreur en béton bardée de climatiseurs qui ronronnaient désagréablement – était entourée par un jardin, parfaitement entretenu, où fleurissaient bougainvillées, alamandas, hibiscus et roses de Cayenne. Tout ça sentait le fric ! Une Mercedes gris métallisé était d'ailleurs garée dans une contre-allée. Une servante boudeuse déposa sans mot dire un plateau contenant divers alcools sur la table qui me faisait face. Par curiosité, j'examinai les journaux qui s'y empilaient : *Le Figaro*, *Valeurs actuelles*, *L'Express* et *Cosmopolitan*.

— On a perdu quelque chose ?

Le ton était plutôt rude. Je sursautai et me retournai pour découvrir une madame Sésostris dans un short si près du corps qu'il lui bombait la foufoune. Elle portait aussi un corsage transparent attaché qui ne se fermait dans le dos que par deux bouts de ficelle. Je faillis tomber du haut mal. Avoir une érection trop tôt le matin ne m'avait jamais trop réussi, il faut dire. Alberto était de bon conseil dans ce genre de matière :

— Jamais avant dix heures, mon cher ! Sinon, ça t'embrouille l'esprit pour le restant de la journée.

Sans daigner m'adresser un regard, la veuve se servit un scotch qu'elle avala à petites gorgées comme si ça l'aidait à réfléchir. Son affreux chihuahua s'approcha d'elle et elle le prit dans ses bras. Je regrettais à présent d'être venu. Après tout, elle avait bien le droit de vendre l'entreprise maintenant que son mari n'était plus de ce monde !

— Du nouveau ? finit-elle par demander, me tournant toujours le dos.

— Ça avance... Ça avance... Je suis sur plusieurs pistes, mais je pense que je parviendrai à tisser tout ça ensemble. C'est une affaire terriblement compliquée, vous savez...

— À qui le dites-vous !

Elle s'assit dans un pliant et croisa les jambes dans le but, je suppose, de mettre ma résistance à l'épreuve. C'est vrai qu'il fallait être un héros pour ne pas tenter une approche, même indirecte.

— Je devine ce qui vous amène, mon cher... lâcha-t-elle comme si de rien n'était.

— En fait, je...

— Tss-tss ! Pas de ça avec moi, monsieur Teddyson. On est entre adultes. Il ne s'agit pas d'une partie de billes... C'est la vente du Vauclin, n'est-ce pas ? Bon, à vrai dire, je me suis toujours ennuyée dans cette villa. C'est pas que je n'apprécie pas les bains de mer mais, voyez-vous, au bout d'un moment, on s'en lasse...

— Mais vous ne m'aviez pas précisé que vous étiez gérante de l'entreprise de votre mari…

— Sésostris n'aimait pas la paperasserie, je vous l'ai déjà dit et rabâché, je crois !

La vérité vraie était que la veuve Sésostris était tout bonnement en train de vendre tous les biens de son mari : MADININA-CONSTRUCTIONS, cette villa au bord de mer, l'élevage de bœufs qu'il possédait à Pâquemar, toujours dans la commune du Vauclin. Cela ressemblait à une liquidation en règle ! Madame s'apprêterait-elle à se tirer à l'étranger ?

— J'en ai un peu assez de la Martinique, continua-t-elle. Je songe à m'installer à Paris. Nous y avons un appartement. Dans le 12e arrondissement…

C'était déjà ça ! Elle n'essayait pas de se soustraire à l'attention de la République française une et indivisible. Elle reparla des menaces voilées qu'elle ne cessait de recevoir et de sa crainte d'être la prochaine victime de celui ou celle qui avait tué son mari. Je décidai de la pousser dans ses derniers retranchements. Elle avait assez joué avec Jack Teddyson ! J'eus la tentation de l'interroger sur cet amant mulâtre que d'aucuns lui prêtaient, mais je me ravisai.

— Vous connaissez une certaine Justina ?

— Heu… non, je ne crois pas… fit-elle, un brin embarrassée.

— Sûr-sûr ?

— À Case-Pilote, il y a fort longtemps, j'ai connu une dame âgée qui se prénommait comme ça, une couturière… Mais elle doit être décédée aujourd'hui, ou en tout cas plus que centenaire…

J'étais perplexe. Sésostris cachait-il vraiment tout à sa femme ? Car c'était lui qui avait mis en contact la géante de Renéville avec le député Salbert. Remis en contact plus exactement puisque, aux dires de Justina, ce dernier et elle avaient été voisins dans leur tendre enfance. Ce renseignement précieux m'avait été fourni par Béhanzin qui se mourrait d'amour pour la maîtresse du politicien, laquelle avait dédaigné ses offres de cohabitation.

— Vous comprenez, je suis juste un vendeur de cocos…

— Certes, mais elle est juste employée de cantine scolaire, non ?

— Oh, avant d'avoir ce job, qui lui a d'ailleurs été trouvé par ce vieux cochon de Salbert, Justina quémandait du pain aux chiens. Elle marchait une-main-devant-une-main-derrière !

En fait, fillette abandonnée, elle avait d'abord servi comme dame de compagnie à une vieille mulâtresse du centre-ville, laquelle l'avait virée parce qu'elle la soupçonnait de lui piquer ses bijoux. Ensuite, toujours selon Béhanzin, elle avait travaillé sur le port comme cantinière, puis barmaid dans un caboulot situé pas loin, « Aux Marguerites des Marins ». Enfin, elle avait vendu son devant à la Cour Fruit-à-Pain où Béhanzin avait un jour sollicité ses faveurs. Le vendeur d'eau de coco en était tombé amoureux fou.

— Je revenais presque tous les soirs. Mon argent y passait ! Mais madame avait de grands goûts.

Or, un jour, suite à un cyclone scélérat, Béhanzin avait obtenu une aide de la municipalité pour refaire la toiture de sa case au Morne Calvaire et c'est l'entreprise de Sésostris, MADININA-CONSTRUCTIONS, qui s'en était occupée. Béhanzin et l'entrepreneur avaient sympathisé à cette occasion car tous deux étaient de grands coqueleurs qui écumaient les gallodromes du sud de la Martinique dès l'ouverture de la saison.

— Sésostris n'était pas mieux que Salbert, ajouta-t-il, rêveur. Deux trousseurs de négresses, voilà !... Donc, il me demandait tout le temps de lui trouver une « petite madame » si je voulais qu'il finisse de réparer mon toit avant l'arrivée de l'hivernage.

— Et ?

— Eh ben, c'est comme ça que j'ai fini par lui présenter Justina. Ma Justina ! Comme elle faisait la raide avec moi depuis des années, je savais que je n'avais aucune chance qu'elle accepte de venir vivre chez moi, donc bon...

— Ça a marché entre Sésostris et elle ?

— Oui, un temps... et puis, il l'a refilée au député Salbert... Lui, il était aux anges car il retrouvait en prime un amour d'enfance. Enfin, c'est ce qu'il a prétendu...

La veuve Sésostris pouvait-elle ignorer l'existence de Justina ? Possible. Mais pour ça, il fallait qu'elle ait vraiment été un oiseau en cage comme l'assurait la malignité publique.

— Qu'est-ce qu'elle a à voir avec mon mari ? me demanda-t-elle soudain.

— Pour l'instant, je l'ignore, mais ils étaient liés, ça c'est sûr et certain...

— Ne me racontez pas qu'elle était sa maîtresse, elle aussi ? Et d'abord, cette Justina, quel rapport avec Isabela Hernandez Rincon ?

— Aucun… pour l'instant…

Mon portable me sauva de ce pénible entretien. Après trois verres de whisky, la dame Sésostris n'était pas très bien dans son assiette, d'autant qu'elle était sans doute à jeun. C'était Veronica. Je pris donc congé de la veuve éplorée. Ma *novia* dominicaine avait du nouveau pour moi. Elle voulait me voir au plus tôt, mais pas chez elle, rue Simon-Bolivar. Elle avait une voix hyperangoissée.

— Du nouveau, c'est-à-dire ?

— Je ne peux pas te parler là, *mi amor*. Rendez-vous dans une demi-heure sur la Jetée. Je serai assise sur le deuxième quai d'embarquement des pétrolettes.

Ma 4L commençait sérieusement à souffrir de mes pérégrinations agitées. Non seulement ses amortisseurs arrière étaient complètement morts, ce qui fait qu'à chaque trou dans la chaussée, je ressentais une vibration dans la colonne vertébrale qui me remontait jusqu'à la nuque, mais la boîte de vitesse commençait aussi à rechigner. Par bonheur, mon vieil hobereau, Meynard de Queilhe, m'avait annoncé qu'il me remettrait ma récompense en fin de semaine. Samedi, à dix heures du matin, je devais me rendre sur l'Habitation Bois-Canon. Une bonne cinquantaine d'hectares de canne à sucre et de banane d'après la presse. Je faisais déjà des châteaux en Ibérie avec la somme, rondelette, qui m'attendait et la première chose que j'envisageais, c'était de changer de voiture. Normalement, un coupé Mercedes ou alors une Alfa Romeo décapotable étaient ce qu'il y avait de plus indiqué pour un détective privé du nom de Jack Teddyson, mais en même temps, je m'efforçais de me raisonner. Fallait pas que mes clients s'imaginent que je roule sur l'or ! Ce n'est pas parce que j'avais déniché une affaire juteuse, la toute première en douze ans d'exercice, que ma condition s'en trouvait définitivement améliorée. Et puis, je devais en priorité régler mes dettes, en particulier chez Chine, le boutiquier de l'avenue Jean-Jaurès, qui commençait à me faire grise mine lorsque, le soir venu, je passais récupérer ma boîte de corned-beef et mon sachet de riz habituels. Sans compter qu'il était indispensable de ravaler la façade de ma maison dont la peinture s'écaillait sérieusement, ce qui jurait avec la voyante plaque en simili-marbre que j'y avais apposée.

CHAPITRE 8

Mon compère Alberto musiquait dans divers établissements des Terres-Sainvilles, quoique « Chez Bèbène », dancing traditionaliste où régnait la biguine*, la valse créole et la mazurka, fût son port d'attache. En vrai Michel Morin, il maniait aussi bien l'accordéon que la clarinette ou le saxo et possédait une voix de ténor un peu gâchée par l'abus de cigares cubains. Homme de la nuit, il connaissait sur le bout des doigts et les personnages louches du quartier et leurs combines, petites ou grandes. Comme il excellait à chanter en espagnol, il était le chéri-doudou des putes dominicaines. De fait, il se flattait d'être sans domicile fixe et d'être hébergé à tour de rôle par chacune d'elles, ce qui était sûrement pure vantardise. Ce qui était, par contre, vrai, c'est qu'il était sorti deuxième du concours du Conservatoire de Paris, après guerre, et avait été un pianiste émérite qui avait tourné des années durant sur la Côte d'Azur au sein d'un orchestre dirigé par un Noir américain célèbre. Et puis, sa vie avait basculé. À cause des blondes qui l'avaient ruiné. À cause de la cocaïne qu'il avait trop sniffée. Et d'autres chienneries dont le destin se fait un plaisir de nous régaler. Rentré à la Martinique, la cinquantaine venue, il s'était rabattu sur la musique créole qu'il pratiquait avec talent quoique sans conviction. À moi, il m'avait toujours fait l'impression d'un somnambule. Quand on causait avec lui, il fallait faire montre d'une sacrée patience car notre homme mettait toujours deux minutes à répondre à la plus banale des questions. C'est pourtant lui et lui seul qui pouvait m'ouvrir le monde des belles de nuit hispaniques, ma Veronica étant plus souvent que rarement en bisbille avec ses consœurs.

J'aimais aller l'écouter le vendredi soir dans ce fameux bar cubain dont j'ai déjà parlé et où il tapait sur des congas comme un demi-dieu. Dès qu'il se saisissait de ses instruments, un silence cathédralesque s'installait dans ce lieu qui était éclairé par des néons curieusement peints en rouge. La clientèle, à moitié éméchée et qui se mettait à brailler dès l'ouverture, se cousait la bouche et l'écoutait les oreilles ouvertes de dix-sept largeurs. Quand il s'arrêtait, personne n'applaudissait. On préférait frénétiquement taper sur les verres et les bouteilles à l'aide de petites cuillers en grognant :

— Ouais, maestro ! Ouais !...

Alberto disposait d'une table réservée où il ne recevait qu'une personne à la fois. Tantôt une de ses protectrices dominicaines tantôt quelque ami de mon genre. Je veux dire qui buvait peu et gardait l'esprit toujours clair. C'est que l'accordéoniste-clarinettiste-saxophoniste aimait aussi à philosopher et appréciait par-dessus tout ceux qui étaient capables de lui donner la réplique. Il se disait existentialiste, avait toujours sur lui un exemplaire froissé de *L'Être et le Néant* de Sartre dont il lisait des passages *urbi et orbi* de sa voix de tête. Comme j'étais plutôt un fan de Sénèque autant dire que nous avions des discussions homériques.

— Le stoïcisme n'est que du cynisme subtil, voire élégant, mais bel et bien du cynisme ! m'assénait-il les plutôt rares fois où je parvenais à le mettre en difficulté et à démonter l'une ou l'autre de ses belles démonstrations.

En revanche, il adorait ma mémoire des mots, lui qui avait plutôt celle des notes de musique. Il est vrai que j'en rajoutais, dégainant plus que de raison telle citation qui n'était pas forcément à propos, mais qui me permettait de gagner une bataille (pas la guerre) dans ces joutes verbales permanentes qui nous opposaient. Alberto avait bien connu Isabela Hernandez Rincon, la supposée castratrice du sieur Sésostris Ferdinand. Connu aussi bien au sens biblique du terme (par-devant donc) qu'au sens hellénique (par-derrière donc), se vantait-il. Quand la flicaille l'avait interrogé, il avait refusé de prononcer un seul mot, jouant au camé avec maestria, alors qu'il avait abandonné la terrible coke pour l'inoffensive herbe depuis etcetera de temps.

— C'était une beauté fatale, soliloquait-il. Je sais, je sais, c'est une expression toute faite qui finit par ne vouloir rien dire, mais je n'en trouve pas de plus adéquate pour la décrire…

Des cheveux de jais qui lui tombaient sur les épaules, une peau d'un blanc très mat, de grands yeux rêveurs, un arrière-train de prêtresse bantoue, un nez de princesse aztèque et une bouche d'une sensualité polynésienne. Alberto devenait exagérément lyrique dès qu'il évoquait la disparue.

— As-tu remarqué que ce mot possède un double sens ? Elle peut s'être aussi bien envolée pour sa Saint-Domingue natale que pourrir six pieds sous terre, zigouillée par je ne sais qui… marmonnait-il comme s'il n'attendait pas de réponse de moi.

— Tu connaissais sa relation avec Sésostris ?

Ma voix était aussi peu professionnelle que possible, mais elle ne trompa point un vieux renard tel que lui. Il me força à avouer que j'enquêtais sur le meurtre de l'entrepreneur, mais ne me demanda pas pour le compte de qui, comme si la chose allait de soi.

— Elle était jalouse d'Hernandez Rincon ! fit-il sèchement.

— Qui donc ?

— Arrête de me la faire, tu veux ! La bonne femme de Sésostris, cette bourgeoise bien sous tous rapports qui se faisait passer pour une employée de bureau.

Je tombai des nues.

— Irmine Ferdinand avait eu vent de leur relation ?

— Et comment ! Certains soirs, elle traînait par ici, posant habilement des questions sur son cher mari. Enfin habilement, c'est ce qu'elle imaginait ! À sa façon de broder le français et de tenir son verre, le premier béjaune venu se serait rendu compte qu'elle appartenait à un autre monde.

J'accusai le coup. Mon commanditeur m'avait donc mené en bateau ! Son indignation à la seule pensée que Sésostris avait pu entretenir des relations plus qu'intimes avec une ribaude dominicaine n'était donc que du pipeau. Du pur pipeau !

— D'accord, fis-je, mais de là à castrer son mari et à liquider la demoiselle Isabela, ça fait un peu beaucoup pour une seule femme, non ?

— Qui te parle d'elle ? Madame était en grande amicalité avec ton copain, tu sais, l'ex-joueur de base-ball !

— Don Felipe ? m'étranglai-je presque.

— Parfaitement !

À force de rôder dans les bars du quartier la nuit venue, la dame Sésostris avait inévitablement buté sur le mac dominicain, lequel, dans un premier temps, n'avait pas compris à qui il avait affaire. Il s'imaginait qu'Irmine faisait partie de ces bourgeoises qui venaient s'encanailler de temps à autre dans le quartier et auxquelles il faisait profiter, contre espèces sonnantes et trébuchantes, de ses qualités d'étalon patenté. Il fut donc grandement étonné lorsque la dame le sollicita pour organiser ce qu'elle appela une équipe de protection électorale. Don Felipe ne fut guère prompt à réagir, sa connaissance des subtilités du français ne lui permettant pas d'appréhender ce genre d'abstraction.

— Prudente, ta chère veuve Sésostris n'insista pas, mais quelques jours plus tard, elle est revenue à la charge, continua Alberto en sirotant son mojito. Et là, elle fit comprendre au pitbull hispanique qu'elle désirait embaucher des gros bras. Des costauds dans son genre, quoi !

Effectivement, le bougre rassembla tout ce que les Terres-Sainvilles comptait comme nervis et se mit à assurer la surveillance des meetings électoraux du député Salbert, maintenant à distance militants socialistes et communistes venus le huer comme à leur habitude. Le dancing cubain commençant à se remplir sérieusement, mon saxophoniste-clarinettiste-accordéoniste dut regagner la petite estrade où il officiait. Minuit approchait et je n'avais pas trop envie de subir le vacarme ambiant. Je quittai donc les lieux sur la pointe des pieds. Cette affaire se compliquait bigrement et, à la vérité, ce n'était pas fait pour me déplaire. En fait, elle se révélait comme la première enquête digne de ce nom que Raymond Vauban, alias Jack Teddyson, ait eu à mener en douze ans d'exercice de son honorable profession de détective privé. En chemin, je saluai de la tête deux-trois péripatéticiennes dominicaines qui tentaient d'arraisonner leurs derniers clients, ce qui me fit repenser à Isabela Hernandez Rincon. J'avais la certitude que tant que je ne parviendrais pas à cerner sa personnalité, il me serait difficile, sinon impossible, de résoudre l'énigme que constituait le meurtre de Sésostris Ferdinand. Ce dernier s'était-il vraiment amouraché d'elle ? Lui avait-elle sectionné les génitoires au cours d'une dispute ? Et qui avait intérêt, à part Irmine, son épouse, à mettre un terme à ladite relation ? Mais une autre question autrement plus dérangeante se présentait : en supposant que la prof de sciences naturelles s'y fût employée, pourquoi aurait-elle utilisé une méthode aussi radicale ? À quoi bon faire supprimer un homme qui, quoique borné et macho, lui assurait tout de même une existence de rêve ? Une existence qu'en tout cas sa modeste retraite de l'Éducation nationale ne lui aurait pas permis de mener. Mariage à Las Vegas. Lune de miel aux Seychelles. Week-ends à Miami. Virées estivales à Paris. Et tutti quanti…

— Elle aurait simplement pu faire liquider Isabela…, me surpris-je à marmonner.

Tout aurait été plus simple en effet. Une pute dominicaine retrouvée noyée dans le canal Levassor ou pendue à un manguier du jardin Desclieux, ça n'aurait fait que trois lignes dans la presse. Et pourquoi la castration ? Qu'est-ce que ce rituel barbare pouvait bien signifier ? Je chassai aussitôt l'idée, raciste s'il en est, qu'il avait rapport avec le vaudou. Quoique… Une Martiniquaise bon teint qui en veut à son mari volage emploie, en général, une méthode éprouvée : elle fait chauffer une casserole d'huile et en déverse le contenu dans l'oreille du type pendant son sommeil. Castrer, ce n'était pas dans les habitudes locales. Retour donc à la piste étrangère. Le ou la coupable ne pouvait être qu'haïtien ou dominicain. Cette soudaine révélation me troubla beaucoup. J'avais toujours éprouvé une grande affection pour les natifs des Grandes Antilles et considérais leur immigration comme un bienfait pour la Martinique dans le sens où elle constituait une manière de frein à la francisation débridée qui nous était imposée et que nous nous imposions nous-mêmes d'ailleurs.

Sur ma porte d'entrée, quelqu'un avait collé une enveloppe en papier kraft. Avait punaisé celle-ci plutôt. Juste au-dessus de ma plaque de détective. Interloqué, je la détachai avec prudence, hésitant à l'ouvrir. Je me retournai pour voir si je n'avais pas été suivi avant de scruter ma rue et celles qui lui étaient adjacentes. Il n'y avait pas âme qui vive dans les environs. J'entrai au moment où l'antique horloge murale que m'avait léguée Tonton Milo sonna minuit et demi. J'allumai mon dernier cigarillo Davidoff de la journée, toujours aussi perplexe, et finis par ouvrir la missive :

SI TU TIENS À TA PEAU, TU DOIS TE RENDRE VENDREDI PROCHAIN À TEXACO À L'HEURE OÙ LES PÊCHEURS PARTENT EN MER.

Son auteur avait utilisé un crayon feutre rouge et l'avait rédigée en lettres capitales…

CHAPITRE 9

Quoiqu'elle fût désormais casée avec Saint-Hubert, le cadre de la Banque internationale des Caraïbes, il arrivait à Francelise de venir prendre une piqûre de rappel chez moi de temps à autre. Non que je fusse le petit cousin de Rocco Siffredi, mais parce que lorsqu'une femme est habituée à faire la chose avec un homme, il lui faut du temps pour s'habituer à un nouveau partenaire. Ce qui n'est pas le cas pour nous autres du sexe masculin qui pouvons changer de bonne femme comme de chaussettes ! Sans compter que nous, on finit par se lasser très vite. Comme le serinait souvent Alberto :

— On me met sur une île déserte avec Naomi Campbell, deux jours, c'est super, trois jours, c'est toujours OK, mais au bout du quatrième, je commence à perdre goût et au cinquième, je construis un radeau de fortune et je me tire à la nage. Ha-ha-ha !

Il avait bigrement raison mon accordéoniste-saxophoniste-clarinettiste : un homme, contrairement à une femme, ne peut pas manger du caviar tous les jours. Au bout d'un certain temps, il en a ras la casquette et se délecte d'un plat de morue séchée et de bananes naines. Donc Francelise continuait à s'envoyer en l'air avec Jack Teddyson bien que le très digne M. Saint-Hubert l'eût accueillie dans sa californienne villa située sur les hauteurs des Trois-Îlets et qu'elle eût deux servantes à sa disposition, l'une pour la bouffe, l'autre pour le ménage et le repassage.

— Tu ne trouves pas drôle que ce type soit encore célibataire ? lui lançais-je régulièrement, non sans méchanceté, une fois l'acte charnel accompli. Il a bien dans les trente-cinq-quarante ans, non ?

— Et alors ? Tous les Martiniquais ne sont pas des obsédés comme toi !

— Et n'est-il pas curieux également qu'il t'ait choisie toi, une petite nénette sans grande instruction ? Tu es gentille et dévouée, mais tout de même, il y a de quoi être perplexe, non ?

Là, Francelise s'encolérait tout net et commençait une bataille de polochons jusqu'à ce qu'excités, nous recommencions à commettre le péché de la chair. En fait, j'étais injuste (comme d'hab) avec elle car c'était elle qui avait fini par convaincre Saint-Hubert de rencontrer son géniteur, le nonagénaire Meynard de Queilhe. Comment s'y était-elle prise ? Ça, je l'ignorais, mais le résultat était là : un beau matin, je reçus un coup de fil du banquier qui m'annonça qu'il avait dûment pesé le pour et le contre et que toutes choses bien considérées, il se sentait prêt à affronter celui qui avait lâchement engrossé sa mère alors qu'elle n'avait que seize ans. Chaque fois donc que je recevais Francelise pour son rappel de vaccination mensuel, j'en profitais pour mieux connaître l'homme de sa vie. Elle était dans d'assez bonnes dispositions car le mulâtre lui avait fixé une date pour leur mariage.

— Dis-moi, Saint-Hubert, il fait de la politique aussi ?

— Comment ça de la politique ? Première nouvelle !

Francelise se redressa sur les coudes, écartant d'un coup de pied le drap couvert de sueur. Ma question semblait l'avoir interloquée. Elle alluma une cigarette et lâcha de grosses volutes de fumée en direction du plafond.

— Il n'en parle jamais en tout cas…, reprit-elle, le visage soucieux.

— Mais c'est un gros ponte du mouvement gaulliste, non ?

— Ça, j'en sais rien !… Et puis si c'était vrai, on verrait sa tête dans le journal ou à la télé, non ?

Là, mon ex venait de marquer un point. Effectivement, au niveau médiatique, Saint-Hubert était inconnu au bataillon. Je l'aurais d'ailleurs retrouvé vite fait ou plutôt son géniteur, Meynard de Queilhe, n'aurait pas eu besoin de recourir à mes services pour lui mettre la main dessus. C'était à mon tour d'être perplexe : lors de notre rencontre dans le bureau du député Salbert, il m'avait pourtant paru être un personnage important de la Fédération gaulliste. Comment expliquer cette discrétion ? Cet effacement même…

— Ton enquête sur Sésostris Ferdinand, ça va comme tu veux ? me fit Francelise, visiblement désireuse de changer de sujet.

— Oh, pas trop ! Je soupçonne sa bonne femme,

mais je n'ai pas l'ombre du commencement d'une preuve, hélas…

— Tu plaisantes ? Pourquoi elle aurait fait ça ? On prétend que le bonhomme lui passait tous ses caprices. Tu as vu le 4×4 dans lequel elle roule ?

— Elle a vendu leur villa de vacances du Vauclin. Étonnant, non ? Une villa de rêve en bord de mer du côté du Petit Macabou… Et elle s'apprête à liquider MADININA-CONSTRUCTIONS, l'entreprise de Sésostris…

— Ben, peut-être qu'elle veut tout oublier et changer de vie. C'est compréhensible après tout.

Francelise prit un air songeur qui lui était peu habituel. Était-elle tentée de suivre les pas de la veuve éplorée, c'est-à-dire de se faire épouser par Saint-Hubert puis de le liquider ? Peut-être, mais cela ne pouvait demeurer qu'au stade de la chimère car elle n'avait pas les moyens d'un tel machiavélisme.

— Au fait, Saint-Hubert a été furieux d'apprendre que tu enquêtes sur le meurtre de Sésostris…

— Tu le lui as dit ?

— Ben, non. Enfin… C'est venu comme ça… au fil de la conversation. Pourquoi, je n'aurais pas dû ?

— J'aime autant qu'on ne sache pas trop sur quoi je bosse. Donc, à partir de dorénavant, motus et bouche cousue devant Saint-Hubert, s'il te plaît !

— OK, mister Teddyson !

Le téléphone sonna soudain avec son bruit d'essaim de guêpes en furie. C'était l'inspecteur Maxence. Il avait du nouveau et souhaitait qu'on se voie au plus vite. Je bousculai Francelise qui menaçait, comme à l'ordinaire, de s'éterniser dans mon lit et fonçai sous la douche. Dehors, il faisait une chaleur effroyable, si bien que je pris ma 4L, quoique le quartier Bas-Calvaire fût à moins d'un kilomètre du Grand Marché. À cette heure-là – trois heures de l'après-midi –, le restaurant était vide. Seuls quelques saoulards y traînaient encore. Maxo était attablé devant un verre de porto, sa boisson favorite, et feuilletait un de ces magazines datant de plusieurs décennies que l'établissement s'entêtait à mettre à la disposition de ses clients.

— On a retrouvé la demoiselle Hernandez Rincon ! chuchota-t-il.

— Sans blague ? Morte ou vive ?

— Moitié-moitié… Elle est dans le coma à l'hôpital La Meynard.

En fait, la belle de nuit avait été conduite aux urgences pratiquement le jour même de l'assassinat de Sésostris. Enfin, « conduite » était un bien grand mot ! Un véhicule non identifié l'y avait pratiquement larguée vers les sept heures du soir avant de disparaître. Des brancardiers avaient récupéré le corps sanguinolent d'Isabela à même le sol. Cette dernière, n'ayant pas le moindre papier sur elle, demeura plusieurs semaines en réanimation avant de finir par ouvrir les yeux, sans toutefois pouvoir parler. Jusqu'au jour où, se saisissant du bic d'un médecin qui l'examinait, elle écrivit sur un mouchoir en papier quelques mots en espagnol que personne ne comprit, bien évidemment : *Quiere matarme !*

— Final de compte, une secrétaire médicale a traduit le message le lendemain, reprit l'inspecteur Maxence. Ça disait : il ou elle veut me tuer !

— Comment ça « il » ou « elle » ?

— Tu dormais en classe d'espagnol au lycée ou quoi ? L'espagnol n'indique pas, dans ce cas, si on a affaire à du masculin ou à du féminin. Comme le créole, quoi !

J'étais pour ma part intimement persuadé que c'était Don Felipe qui l'avait amochée si gravement. Veronica avait fini par m'avouer que l'ancien joueur de base-ball était aussi le mac d'Isabela Hernandez Rincon. Le bougre avait pas moins d'une vingtaine de filles qui bossaient pour lui sur les trottoirs des Terres-Sainvilles. Les autres étaient cornaquées par un autre Dominicain et par un fier-à-bras martiniquais, Bec-en-Or, qui avait déjà eu maintes fois maille à partir avec la justice, mais qui avait toujours réussi à passer à travers les mailles du filet. Il s'était arrogé (ou on lui avait attribué, allez savoir !) le surnom d'un célébrissime major* de quartier des années cinquante qui s'était fait remplacer toutes ses dents de devant par des dents en or. Sauf que Bec-en-Or, deuxième du nom, n'en possédait que deux dans ce précieux métal.

— Pourquoi aurait-il fait ça, ton joueur de base-ball ? grommela Maxo en grignotant des acras* de morue.

— Don Felipe connaissait Mme Sésostris, je te rappelle… Alberto a été formel !

— Et alors ?

— Je persiste et signe : cette veuve n'est pas nette du tout. Mais alors là pas du tout !

Le policier sourit. Avec commisération pour autant que je fusse capable d'interpréter ses mimiques, lui qui était d'une impassibilité royale. Des boit-sans-soif commencèrent à investir le restaurant du Grand Marché tandis que la ville se vidait. À dix-huit heures, ses rues ressembleraient au désert de Gobi, hormis quelques chats de gouttière, des chiens errants et des clochards qui en feraient les poubelles. Sinistre !

— Jack, tu es têtu comme une bourrique, vieux frère ! Si ta théorie tient debout, explique-moi pourquoi la veuve Sésostris serait venue te solliciter pour reprendre l'enquête. Moi à sa place, si j'avais fait trucider mon conjoint et que la police avait fini par enterrer l'affaire, je me serais tenu peinard dans mon coin. J'aurais attendu que les mois s'écoulent, voire même une année ou deux, et là, j'aurais commencé à mener la belle vie.

Le raisonnement de l'inspecteur Maxence était tout ce qu'il y avait de plus rationnel. L'interrogatoire des domestiques du couple Ferdinand avait, en effet, montré que l'entrepreneur en travaux publics était un véritable tyran domestique qui, en outre, contrôlait toutes les allées et venues de son épouse, lui interdisant même de sortir sans son autorisation. S'il avait pu lui mettre le voile, il l'aurait fait sans hésitation ! J'avais eu du mal à le croire au vu de la créature autoritaire et plutôt délurée qui me faisait face chaque fois qu'elle venait aux nouvelles à mon bureau, mais la plus ancienne servante du couple avait fait une déclaration sans appel aux flics qui l'avaient mise à la question :

— Monsieur frappe madame lorsqu'il est enragé, oui ! Une ou deux fois, j'ai même dû intervenir car il aurait pu la tuer… Heureusement, il n'est pas tout le temps là. Il voyage souvent en France…

Maxo et moi en avions conclu qu'on avait

affaire au cas classique du mec dépourvu de culture mais plein aux as qui, par chance ou par hasard, avait réussi à dégoter une prof et qui vivait dans la trouille permanente qu'elle ne le trompe ou se barre avec quelqu'un de moins rustre que lui. Alors Sésostris encageait son Irmine ! Du moins quand il se trouvait au pays.

— La police a interrogé la Rincon ? demandai-je.

— On a bien essayé. Impossible de lui arracher un mot ! En outre, elle ne semble vouloir plus rien écrire.

— Tu y es allé en personne ?

— Tout à fait ! C'est une créature magnifique. Demi-Indienne avec des yeux verts…

L'inspecteur Maxence n'en démordait pas : il fallait tirer le fil de cet imbroglio à partir du député Salbert. Sauf que le zouave était malin et qu'il avait tissé une toile de protection quasi infranchissable autour de sa personne.

— Et puis, il y a mieux, mon cher. J'ai également appris que Sésostris avait des velléités électorales…, me fit-il.

— Tu rigoles ?

— Que non ! Il se voyait déjà siéger au palais Bourbon en lieu et place de Salbert, tout écorcheur de la langue de Molière qu'il avait la réputation d'être. Ha-ha-ha !

J'en étais resté bec cloué. Baba, si vous préférez !

— Et si ça se trouve, il a fort bien pu menacer Salbert de révéler à la presse comment il finançait ses campagnes électorales au cas où il ne lui céderait pas son poste aux élections législatives de l'an prochain…

CHAPITRE 10

J'avais toujours pris l'expression « une pluie de balles » pour une métaphore lourdingue de polar à deux francs quatre sous jusqu'au soir où, garant ma 4L cradingue dans ma rue, au quartier Bas-Calvaire, la vitre avant ne s'étoile tout soudain avant de voler en éclats. Je ne dus mon salut qu'au fait que je m'étais penché au même instant pour vérifier que la portière du côté passager était correctement fermée. Une balle m'érafla toutefois l'épaule, déchirant ma chemise, mais sans faire trop de dégâts. M'aplatissant un peu plus, j'ouvris la boîte à gants et attrapai mon P38 pour m'apercevoir que le chargeur était vide. Je l'utilisais si peu qu'il m'arrivait d'oublier que je possédais une arme de bon calibre et surtout de manière tout à fait régulière. L'inspecteur Maxence avait plaidé ma cause auprès de sa hiérarchie, laquelle tenait les détectives privés pour du caca-chien et ne comprenait pas pourquoi le dénommé Jack Teddyson avait besoin d'un port d'arme.

Le mieux était de ne pas bouger. Il était pratiquement onze heures trente et toutes les maisons du quartier avaient fermé leurs persiennes et éteint leurs lumières. Mon voisinage était surtout composé de vieux-corps et autres gens paisibles qui me considéraient comme un inoffensif hurluberlu et donc m'affectionnaient beaucoup. J'entendais distinctement le bruit d'un moteur qui tournait au ralenti au bout de la rue. Le genre grosse cylindrée. 4×4 probablement. Des pas pressés résonnèrent sur le trottoir et des individus que je ne vis pas (j'avais fermé les yeux raides-et-durs, feignant d'avoir été touché), s'approchèrent de ma vieille Renault.

— *I ped ta'y la, isalop-la*[1] *?* fit une voix.

— *Sa ka sanm sa*[2] *!* répondit un autre à voix basse.

J'étais mort de peur à l'idée qu'ils puissent pousser plus avant leurs investigations car je retenais difficilement ma respiration.

— *Annou, brennen kò'w*[3] *!* reprit la première voix. *Fok nou antré an kay-la*[4]...

Je les entendis défoncer ma porte d'entrée à coup de pieds, porte qui ne résista guère vu que la baraque que m'avait léguée ce casse-couilles de Tonton Milo aurait mérité un sérieux ravalement, chose que mes maigres émoluments ne m'avaient jamais permis de réaliser. La voix du premier cambrioleur proféra des injures, sans doute parce qu'il ne parvenait pas à localiser l'interrupteur de mon bureau, caché derrière un colis de livres que j'avais reçu la veille de France. Évidemment, personne dans le quartier

1. On l'a eu, ce fils de pute ?
2. Ça m'a tout l'air !
3. Allez, dépêche !
4. Faut qu'on entre chez lui !

ne s'émouvait de ce vacarme et aucune patrouille de police ne passait dans les parages. Veinard comme j'étais depuis ma naissance, ça risquait pas ! Au bout d'une dizaine de minutes, ils ressortirent, le premier individu toujours furax, et embarquèrent à bord de leur 4×4 dont ils firent rugir le moteur. Je tentai en vain d'en apercevoir la plaque d'immatriculation. Les becs électriques de ma rue étaient régulièrement fracassés à coups d'arbalète par des gamins emmerdeurs et la municipalité avait fini par renoncer à les remplacer. Par mesure de prudence, je demeurais planqué dans ma 4L, me demandant déjà avec horreur combien allait me coûter le remplacement de la vitre. C'est alors qu'une voix, cassée par le tafia, me fit sursauter.

— *Sé la ou ka dòmi ?*[1]

Il s'agissait de Béhanzin, le vendeur d'eau de coco, qui avait fini de régaler les noctambules qui sortaient des boîtes de nuit et regagnait ses pénates sur les contreforts du Morne Calvaire. Pour ce faire, il devait emprunter le chemin de croix qu'à Pâques, des théories de pèlerins investissaient.

— Je fais mes sept stations tous les jours et ça deux fois par jour, avait coutume de plaisanter Béhanzin, donc si après ça, le Bondieu ne m'envoie pas direct au paradis, c'est qu'il est un vrai chien-fer* !

Découvrant ma vitre en miettes, il se pencha par la portière et me secoua, persuadé que j'étais gravement blessé ou même mort. Je sortis du véhicule, un peu sonné, et lui fis signe que tout allait bien.

1. Tu dors là ou quoi ?

— C'est des Saint-Luciens qui ont fait ça ! déclara-t-il avec colère.

— Comment ça ?

— Tu sais aussi bien que moi que ces malfrats mènent leur trafic d'herbe sans discontinuer par ici. Ils ont dû te confondre avec quelqu'un !

Je lui flanquai une tape amicale sur l'épaule et entrai chez moi comme si de rien n'était. Heureusement, il ne remarqua pas que ma porte avait été fracturée et me souhaita bonne nuit. À l'intérieur, je m'affalai sur mon prétentieux fauteuil de détective privé. Ils n'avaient pas réussi à faire la lumière et avaient emporté des dossiers au hasard ! Plusieurs d'entre eux gisaient d'ailleurs sur le sol. Heureusement, ils n'avaient pas touché à mon ordinateur. Qui pouvait bien vouloir me faire la peau ? S'il y avait un domaine dans lequel je n'intervenais jamais, c'était bien celui de la drogue. L'inspecteur Maxence m'avait mis en garde :

— Si tu y touches, mon pote, t'auras des ennuis et avec les trafiquants et avec la police ! De gros gros ennuis… Contente-toi de tes petites affaires de cocufiage ou de dettes !

Justement, l'idée me vint de le prévenir de l'attentat (un bien grand mot pour ma modeste personne à vrai dire), mais j'hésitais : il était pratiquement minuit. En plus, on était vendredi, le jour où il recevait, sur le bateau qui lui servait de domicile, cette mystérieuse demoiselle de la haute société dont il avait toujours refusé de me dévoiler l'identité. Je n'allais tout de même pas lui gâcher sa petite gâterie hebdomadaire ! Je ne pouvais m'empêcher de m'interroger quant à ladite créature vu la définition féroce (et apparemment définitive) que Maxo m'avait lancée dès notre deuxième rencontre :

— La femme antillaise ? Hon !... C'est comme une glace avec beaucoup de Chantilly dessus et un peu de chocolat. La glace te saisit les gencives, la Chantilly s'évanouit étrangement, le chocolat est amer et l'addition est salée. Ha-ha-ha !

Je décidai d'aller me dégourdir les jambes sur la place de la Savane. Ce n'était pas de l'inconscience car que pouvait-il bien m'arriver de pire désormais ? En douze ans de carrière, jamais on ne m'avait tiré dessus aussi froidement et aussi professionnellement. Certes, j'avais affronté des coutelas d'hommes pris en flagrant délit d'adultère, des ciseaux de bonnes femmes en furie et même un jour, reçu le contenu d'un pot de chambre rempli de pissat sur la tête alors que j'épiais les livraisons matutinales d'une quincaillerie pour le compte d'un concurrent, mais tout ça n'était pas grand-chose face au mitraillage en règle que je venais de subir. L'air était tiède, presque chaud. J'arpentais les rues désertes où gisaient, sur des bouts de cartons, des clochards à côté des poubelles qui leur servaient de garde-manger. Leur nombre avait considérablement augmenté depuis quelques années. Des jeunes, des vieux, parfois des femmes déchirées par le crack et même deux-trois Blancs-France qui s'étaient pris pour Rimbaud ou Gauguin et dont les rêves s'étaient échoués dans les dalots malodorants de Fort-de-France.

À l'approche de la place de la Savane, je vis un attroupement au pied de la statue de cette pouffiasse de Joséphine Bonaparte à qui des révolutionnaires avaient sectionné la tête et maculé le corps avec de la peinture rouge. L'endroit étant peu éclairé, je ne remarquai pas tout de suite qu'il s'agissait de policiers qui tentaient de maîtriser un homme probablement ivre ou alors sous l'emprise de quelque drogue. L'un d'eux semblait s'opposer aux assaillants. C'était mon ami, Maxo ! L'inspecteur Maxence. Et celui que l'on bourrait de coups de matraque et de coups de pied n'était autre que Don Felipe, le caïd dominicain des Terres-Sainvilles, le mac de ma « fiancée » Veronica. Taillé comme une armoire à glace, l'ancien joueur de base-ball leur donnait sacrément du fil à retordre puisqu'il avait déjà étalé deux des pandores, très vraisemblablement à l'aide de son fameux coup de tête dont j'avais fait la douloureuse expérience quelques semaines plus tôt. Trois autres flics, que Maxo s'employait à raisonner, se déchaînaient sur sa personne en l'insultant en créole tandis que l'ex-joueur de base-ball leur rendait la pareille en espagnol. La voix grave de mon ami s'escrimait en français :

— Ça suffit ! Ça suffit ! Il est par terre, bon sang !

L'inspecteur Maxence était un grand sceptique mais il était respectueux des lois et ne considérait pas que son arme et son insigne lui donnaient tous les droits. Il eut l'air fort surpris de me voir surgir de l'obscurité. Ses collègues s'arrêtèrent eux aussi tout net.

— *Sa i ka fouté la, makoumè-taa*[1] *?* grommela l'un d'eux.

1. Qu'est-ce qu'il fout là, ce pédé ?

— *Tiré tjou'w la si ou pa lé nou batjé'w tou*[1] ! brailla un autre.

Comme à l'ordinaire, Maxo vint à mon secours. Il lâcha un ordre bref et les policiers hissèrent le caïd dominicain, à moitié sonné, dans leur fourgon garé pas loin.

— Mettez-le en cellule ! ajouta Maxo. Je serai là demain, à la première heure. Pas la peine de prévenir le commissaire Clerveaux !

Puis, il me prit par le bras, celui qui avait été éraflé par la balle, comme si de rien n'était et m'entraîna sur la pelouse de la Savane en direction du Yacht-club. L'entrée en était fermée par une grosse chaîne retenue par un cadenas. Les lieux étant dans une obscurité totale, on distinguait le lent balancement d'une mer à la couleur étrangement métallique. Maxo avait baptisé son bateau « L'Écume des Jours ». Je souris : il était un grand lecteur de Boris Vian et regrettait que plus personne ne s'intéressât à celui-ci. L'embarcation se trouvait coincée entre deux énormes catamarans, mais elle n'était pourtant pas aussi exiguë que je l'avais imaginée. Elle disposait d'un pont arrière plutôt vaste où trônaient une table en plastique et des transats à la toile délavée par les intempéries. Maxo me précéda dans la cabine qui était séparée en deux par une simple toile. Dans la partie qui servait visiblement de séjour, livres et disques 33 tours ainsi que quelques CD s'empilaient sur une étagère.

— On a une autre piste, Jack, me fit-il en me désignant une banquette.

1. Casse-toi si tu ne veux pas qu'on t'embarque toi aussi !

Son ton était si mystérieux que je mis un terme à mon indiscrète inspection. Il n'était pas homme à parler en l'air et je savais que s'il s'était montré peu enthousiaste au début, il avait fini par se passionner pour la réouverture du dossier Sésostris Ferdinand. Encore que rouvrir fût un bien grand mot car son patron, ce commissaire métro* qui avait fait les colonies et était revenu de tout, y avait opposé un niet somme toute prévisible. En fait, l'inspecteur Maxence aidait, à ses heures perdues, le pauvre détective privé Jack Teddyson à dénicher l'assassin de l'entrepreneur nègre le plus renommé de la Martinique. Rien d'autre !

— Faudrait peut-être investiguer du côté des Syriens maintenant, ajouta-t-il en me servant d'autorité une bière Lorraine qu'il sortit d'une glacière.

— Éclaire ma lanterne, tu veux…

— Voilà : ton Sésostris et son compère Salbert étaient de gros joueurs de poker. Ne me demande pas comment je l'ai appris ! Ce serait trop long à expliquer… Toujours est-il que ces deux zouaves se sont fait plumer des mois durant par un certain Mounir Abdallah, un gars qui possède un magasin de…

— Je le connais. J'ai habité au deuxième étage d'un immeuble en face du sien, figure-toi !

« L'Étoile de Damas », à la rue François-Arago, dite rue des Syriens parce que cette race-là l'avait quasiment colonisée, était très achalandé. On descendait des communes les plus éloignées de Fort-de-France pour s'y fournir en sacs d'écolier, chapeaux d'enterrement, chaussures en cuir, tissus de toute provenance et objets de culte chrétiens. Mounir était, comme bon nombre de ses pairs, un maronite. Il m'avait eu à la bonne dès le premier jour où j'avais loué cette piaule minable à un sien cousin, Abdelkader El-Bachir, bizarrement musulman, lui.

— Mon magasin, c'est chez toi ! m'avait-il asséné en me faisant un *abrazo*. Tout ce qu'il y a ici, je te le fais à moitié prix, *y'allah* !

Il est vrai que je m'étais présenté comme instituteur et que le roublard de levantin espérait que je dirigerais les parents de mes élèves vers son établissement à la prochaine rentrée scolaire. Toujours est-il qu'il respecta sa parole et que je pus me chausser et me vêtir à peu de frais tout le temps que je vécus à la rue des Syriens, ce qui n'était pas négligeable du tout puisque avant ça, il m'arrivait de traîner la même paire de godasses deux ans d'affilée.

— Tu sais que ces messieurs organisent des tournois de poker clandestins, je suppose, reprit l'inspecteur Maxence en mettant un CD de John Coltrane.

— Je croyais que vous aviez stoppé ça, non ?

— Tu parles ! Pour un tournoi découvert et interdit, il y en avait toujours deux ou trois autres qui s'ouvraient la semaine d'après. On a fini par se lasser !

— Donc Sésostris et Salbert y trempaient ?

— Et comment ! Les mises n'y ont rien à voir avec ta petite borlette pour miséreux, mon cher détective.

En effet, elles allaient de deux mille à cinq mille euros par partie et quand un joueur était accro, il devait avoir les reins sérieusement solides pour tenir le coup. Surtout qu'un tournoi, qui se déroulait de minuit à cinq heures du matin, durait une semaine non-stop. Irmine savait-elle que son mari s'adonnait au poker ? Sans doute pas puisqu'elle affirmait verser chaque lundi matin des sommes plus que conséquentes sur les comptes bancaires de MADININA-CONSTRUCTIONS. Quant au député Salbert, le secret était tout aussi bien gardé car il en allait de sa carrière politique. Finis les lambris dorés du Palais-Bourbon si jamais ses chers électeurs apprenaient qu'il tapait le carton avec les commerçants syriens dont le bon peuple est convaincu qu'ils sont des voleurs-nés !

— Sésostris devait trente mille euros à Mounir et Salbert presque autant, précisa Maxo. Évidemment, nous n'avons aucun moyen de le prouver ! Enfin pas avec les moyens dont dispose notre chère police nationale... À toi, Jack Teddyson, qui a les coudées plus franches que nous, de t'y coltiner !

Tout ça compliquait bigrement l'affaire. À décourager le plus Sherlock Holmes des enquêteurs ! Irmine Ferdinand pouvait fort bien avoir fait supprimer son mari par jalousie. Don Felipe, le mac dominicain, parce qu'il craignait qu'en épousant Isabela Hernandez Rincon, l'entrepreneur ne lui ôte l'une de ses meilleures gagneuses. Le banquier de borlette Ti Jérôme (comme on le verra incessamment sous peu) parce que cette loterie clandestine appartenait aux Haïtiens et à eux seuls. Le député Salbert parce qu'il craignait que Sésostris ne lui pique son poste d'élu. Sans compter qu'un ouvrier vindicatif de MADININA-CONSTRUCTIONS aurait très bien pu se venger de la scélératesse de son patron et de l'espèce de gabelle sous forme de paris qu'il imposait à son personnel. Et enfin, Justina, la maîtresse de Salbert, était aussi dans mon collimateur car avant de le devenir, elle avait été celle de Sésostris. Bref, un embrouillamini total.

— On écoute quoi en ce moment ? lui demandai-je, histoire de changer de sujet.

— Du Coltrane pour ne pas changer. Ça s'appelle *My favourite things*…

Il augmenta légèrement le son.

— Ton… Ton amie n'est pas là ce soir ?

— Oh ! Il y a une réception au Fort-Desaix… Un colonel fête son départ à la retraite… Elle y a accompagné son père…

Visiblement, l'inspecteur Maxence n'était toujours pas disposé à révéler avec qui il s'envoyait en l'air, chaque vendredi soir, dans son bateau qu'une houle douce berçait et que les notes sublimes de son jazzman de prédilection emplissaient d'une sérénité un peu irréelle.

— Tu t'es blessé ? s'étonna-t-il en examinant soudain mon épaule.

— Oh, c'est rien ! Je me suis fait une éraflure en transportant des cartons dans mon galetas.

L'inspecteur Maxence lâcha un ricanement. À ses yeux, j'étais et demeurerais sans doute pour toujours un hurluberlu.

— Au fait, pourquoi vous tabassiez Don Felipe ? demandai-je.

— Ah, oui… J'ai complètement oublié de te dire qu'Isabela Hernandez Rincon a recommencé à parler sur son lit d'hôpital. Enfin, juste un petit peu… Elle répète sans arrêt « Don Felipe… Don Felipe… »

CHAPITRE 11

Veronica del Monte avait, après moult tergiversations, accepté de m'introduire dans l'univers ô combien mystérieux de la borlette. Ses réticences tenaient au fait que seuls les immigrés haïtiens et dominicains s'adonnaient à cette loterie clandestine. Les autres, qu'ils fussent saint-luciens, dominiquais, chinois ou marabouts africains récemment débarqués n'y prenaient aucune part, chose qui était aussi, bien évidemment, le cas des Martiniquais.

— De toute façon, tu n'y comprendrais pas grand-chose, *querido mio*[1] ! m'avait-elle lancé jusqu'à ce qu'elle finisse par baisser la garde.

Son rêve, son grand rêve, m'avoua-t-elle, après une torride partie de jambes en l'air, était de gagner le gros lot et de regagner son île natale où elle espérait ouvrir un commerce de tissus à Santiago, ville importante mais où la concurrence était moins forte que dans la capitale. En attendant, elle vivait à la dure, contrairement à la plupart de ses collègues

1. Mon chéri.

qui dilapidaient leurs gains en coiffure, bijoux, vêtements extravagants, et déposait chaque semaine, sur un compte ouvert à La Poste, jamais moins de cent euros qu'elle soustrayait à la somme qu'elle devait remettre à son mac, Don Felipe. De toute évidence, il lui aurait fallu travailler une vie entière pour espérer parvenir à ses fins et bien qu'elle fût très jeune, vingt-trois ans, elle n'ignorait pas que la trentaine venue, elle serait déclassée par des créatures plus jeunes. Ces dernières débarquaient sans discontinuer, selon un itinéraire, apparemment balisé, qui les conduisait de Saint-Domingue à la Guyane, puis de celle-ci à la Martinique, ensuite à la Guadeloupe, enfin à Saint-Martin, le tout entrecoupé de fréquents allers-retours d'un pays à l'autre. Il ne fallait pas prendre racine quelque part pour ne pas se faire embêter par la police, ces dames disposant de visas touristiques. Veronica disparaissait ainsi deux ou trois fois dans l'année sans jamais me préciser où et surtout sans me prévenir de la date de son retour à la Martinique.

— Isabela Hernandez Rincon n'a pas respecté cette règle, finit-elle par m'avouer, c'est pourquoi elle l'a sans doute payé très cher…

— Comment ça ?

— Quand tu reçois l'ordre de partir, tu dois obéir, c'est tout !

— L'ordre de qui ?

Veronica fronça les sourcils. Elle était peu causante et je le savais. En plus, ma question était idiote puisque de toute évidence, quelqu'un ou un groupe d'individus réglaient ce ballet incessant de péripatéticiennes. Les trois macs des Terres-Sainvilles, y compris l'ancien joueur de base-ball, n'étaient que des rouages locaux de cette vaste machinerie qui étendait également son emprise sur les pays sud-américains et même l'Espagne, selon ce que m'avait appris l'inspecteur Maxence.

— Elle a refusé de partir parce que quelqu'un lui avait promis le…

— Le quoi ?… Allez, parle, Veronica ! Je suis une tombe, tu le sais bien.

— Un… Un Martiniquais… avait promis de l'épouser…

Avec la borlette, il s'agissait de la deuxième porte de sortie pour ces femmes qui étaient tombées au plus bas de l'échelle humaine et qui pourtant conservaient une extraordinaire dignité. Au départ, j'avais pris cette dernière pour de la morgue ou de la fierté hispaniques. Il n'en était rien : ces putes étaient des êtres humains plus humains que les autres, aussi étrange que cela pût paraître. De fréquenter jour après jour l'ignominie, la fange, les salissures, la souffrance morale, le désespoir parfois, les avait comme grandies. Elles avaient cette faculté proprement inouïe de toujours garder le sourire, d'être même gaies, de s'attifer et surtout de faire preuve de compassion envers autrui, y compris envers les mâles martiniquais qui venaient assouvir leurs frustrations vénériennes entre leurs bras. Ce qui fait que, fatalement, certains d'entre ces derniers, subjugués par tant de gentillesse, finissaient par tomber amoureux et n'hésitaient pas à leur proposer de les mettre en case, voire carrément de les marier.

— Soit on économise sou après sou, soit on

gagne le gros lot à la borlette, précisa Veronica, soudain loquace, soit on a la chance de tomber sur un *hombre de honor*[1] qui te passe la bague au doigt. Y a pas de quatrième solution !... Mais la dernière est la meilleure car tout de suite tu obtiens le passeport français et avec ça, tu peux voyager sans problème partout à travers le monde.

Bingo ! Je venais de progresser dans mon enquête. De faire un pas de géant même. L'entrepreneur Sésostris Ferdinand avait sans doute fait miroiter à Isabela Hernandez Rincon des épousailles dans les règles ! Sauf que – et là, mon enthousiasme tomba d'un cran – le bougre était dûment marié à son Irmine et l'ex-prof de sciences naturelles n'aurait pas si facilement cédé sa place à une catin, étrangère en plus. À moins que Sésostris n'ait évoqué un possible divorce, dont la veuve éplorée n'avait nullement fait état. Mais celle-là m'avait caché tant et tellement de choses !

— Toi aussi, tu savais qu'elle fréquentait la nuit les bars des Terres-Sainvilles ? attaquai-je.

— *De quien hablas, mi amor*[2] *?*

— De madame Sésostris...

— Première nouvelle !... Je te jure que je n'en savais rien...

Inutile de la fouiller plus avant. La vie de Veronica était réglée comme du papier à musique : arpenter son bout de trottoir de la rue Bolivar entre neuf heures du soir et quatre ou cinq heures du matin ; dormir ensuite jusqu'à midi ; déjeuner

1. Homme d'honneur.
2. Tu parles de qui, mon amour ?

vers deux heures de l'après-midi ; faire des courses à la supérette du boulevard de la Levée dans l'après-midi ou aller se faire une permanente chez une compatriote coiffeuse. Rien d'autre, à part le samedi matin où elle se rendait à la poste. Une existence qu'on eût pu qualifier, si l'on était cynique, de monacale. Et puis, madame Sésostris n'avait-elle pas soigneusement masqué son identité ? Sans doute les putes l'avaient-elles prise pour une de ces Martiniquaises en rupture de ban, dévorées par quelque chagrin d'amour ou par le crack, qui, de temps à autre, hantaient le quartier.

Or donc, le patron de borlette auquel Veronica confiait ses paris était un Haïtien d'une cinquantaine d'années, maigre comme l'ombre d'une ficelle, aux yeux fiévreux, qui semblait être en permanence sur le qui-vive. Il déclara s'appeler Ti Jérôme et exercer le métier de charpentier dans une entreprise de la zone industrielle du Lamentin. Sa case, dangereusement perchée au-dessus de la rivière Madame, se situait sur les hauteurs de Trénelle. Contrairement à ses voisines, sans doute habitée par des Martiniquais, elle était entourée d'une quantité invraisemblable de plantes, sans doute médicinales, et d'arbres fruitiers qui poussaient pratiquement les uns collés aux autres tant l'espace qui leur était imparti était réduit.

— *M-ap viv isit dépi douz lanné, mé m-ap tounen Ayiti souvan*[1], me lança-t-il en m'invitant à m'asseoir sur les quatre marches hâtivement cimentées qui donnaient accès à un perron où trônait, insolite, une berceuse.

1. J'habite ici depuis douze ans, mais je retourne souvent en Haïti.

Veronica m'avait annoncé comme un journaliste spécialement venu de la Guyane pour faire un reportage sur la communauté haïtienne de la Martinique. Cela n'eut guère l'air de diminuer sa méfiance. Il me détaillait sans arrêt, ce qui finit par me mettre mal à l'aise. Il est vrai qu'elle croyait savoir qu'il exerçait aussi comme prêtre vaudou dans un oumfort* clandestin du quartier Fonds Populaire. Bien que rationaliste dans l'âme, je craignis un instant qu'il ne découvrît ma supercherie, mais il arbora un large sourire lorsque j'ôtai deux billets de cinquante euros de mon portefeuille et déclarai vouloir prendre des paris à la borlette.

— Comment vous connaissez ça ? s'étonna-t-il en créole.

— J'en ai vaguement entendu parler, mais Veronica m'a assuré qu'on pouvait y gagner parfois des sommes intéressantes…

— Hon !…

La Dominicaine sourit afin de le mettre à l'aise. Apparemment, ils se fréquentaient de longue date car elle lui offrit aussi un de ces faux cigares cubains (en réalité dominicains) sur lesquels elle tirait les soirs de blues. Elle précisa toutefois qu'elle m'avait bien spécifié que les numéros gagnants ne venaient qu'en rêve. Compter sur le seul hasard ou la chance revenait à perdre son temps et son argent. Soit donc les chiffres vous apparaissaient nettement dans votre sommeil le plus profond et là, il fallait faire l'effort de vous réveiller pour les noter tout de suite, soit ils étaient masqués et dans ce cas, il convenait d'avoir recours à un interprète, ce qui, en Martinique, était difficile à trouver.

Ti Jérôme lui fit un geste d'agacement, comme si elle en disait trop et empocha ma mise en me lançant :

— Loterie du midi ou loterie du soir ?

— Pardon ?

— Il y a deux tirages chaque jour, intervint ma *novia*, un à midi et un autre le soir. Enfin, pour la loterie de New York, celle sur laquelle nous jouons le plus souvent...

Avec une certaine gêne l'Haïtien m'expliqua que si le tirage du soir était officiel, c'est-à-dire reconnu par les autorités de son pays, celui de la mi-journée ne l'était pas. Comme il n'y avait aucun contrôle sur celui-ci, on pouvait y miser de plus grosses sommes et donc gagner bien davantage. J'optai, aventureux que j'étais, pour le tirage du midi.

— Quelles boules tu as choisies ? reprit le banquier, soudain pressé d'en finir.

— Boules ?

— Tes numéros c'est quoi ? Tu dois en choisir trois.

— Je les ai notés là...

Et Veronica de lui tendre un bout de papier. Ti Jérôme examina les chiffres et réprima difficilement un éclat de rire. J'en profitai pour aborder le sujet de Sésostris Ferdinand, prétextant qu'en Guyane ce meurtre avait beaucoup impressionné. L'Haïtien se referma aussitôt tel une huître. Il se mit debout comme pour me signifier mon congé avant de se rasseoir, très nerveux.

— Pourquoi revenir sur cette histoire que tout le monde a oubliée ?

— Il était patron d'une banque de borlette

comme vous, non ? demandai-je sans donner l'impression d'être passionné par le sujet.

— Il n'en avait pas le droit ! aboya soudain Ti Jérôme. La borlette est à nous, c'est un jeu haïtien et ça doit rester entre les mains des Haïtiens !

Veronica sentit que l'entretien touchait à sa fin. Elle prit également des paris, lui remettant la somme mirobolante de huit cents euros.

— On est plusieurs à jouer, m'informa-t-elle lorsque nous redescendîmes l'escalier abrupt qui conduisait aux Terres-Sainvilles. Une dizaine de filles...

Quand je l'interrogeai sur les chiffres qu'elle avait donnés à Ti Jérôme pour mon pari et sur la réaction du banquier, elle s'arrêta brusquement :

— Jack, la borlette n'est pas un jeu comme les autres. Ça n'a rien à voir avec le loto, le tiercé et tout ça. Y a de la magie dedans, *hombre* !... Hier soir, j'ai effectivement rêvé d'un oiseau, d'un loup-garou et de Papa Doc...

— Comprends pas ! Ha-ha-ha !

— C'est ça, rigole ! Vous les Martiniquais, vous êtes tellement français que vous êtes incapables de différencier la borlette des autres jeux de hasard. Le côté magique vous échappe complètement !... C'est pour ça d'ailleurs que ton Sésostris Ferdinand a eu grand tort de s'installer comme patron de banque de borlette.

Et de m'expliquer que lorsqu'on rêvait d'un oiseau, il fallait jouer le numéro 24, d'un loup-garou le 19 et de Papa Doc le 22.

— Si tu gagnes le gros lot, Jack, on quitte la Martinique et on va s'installer à Santiago. Tu es d'accord ?

— Bien sûr, *amor de mi vida* ![1]

— Menteur, va ! Enfin bref… On aurait organisé un beau mariage…

Nous nous séparâmes sur la place de l'Abbé-Grégoire. Une autre piste s'insinuait dans ma tête : Sésostris avait fort bien pu être rectifié par quelque patron de borlette haïtien, sans doute parce que sa banque raflait trop de paris, déjà que ses employés de MADANINA-CONSTRUCTIONS constituaient une sorte de clientèle captive. Il fallait donc que je parvienne à identifier les différents tenanciers puisque Ti Jérôme était loin d'être le seul, m'avait informé Veronica. Ce ne serait pas chose aisée car de tous les immigrés, les Haïtiens étaient ceux qui, à juste raison, se défiaient le plus des Martiniquais…

1. Amour de ma vie.

CHAPITRE 12

Je n'étais pas trop chaud pour honorer le mystérieux rendez-vous qui m'avait été fixé à l'heure du départ des pêcheurs pour Miquelon*, au quartier Texaco, mais une sorte de pressentiment me força à m'y rendre. De toute façon, je n'avais rien à gagner à temporiser car je n'avais aucun doute sur le fait qu'il avait trait à l'affaire Sésostris Ferdinand. Ma vie entière était désormais accaparée par ce fichu bonhomme et je négligeais mes autres clients qui, Dieu merci, étaient d'une patience à toute épreuve. Il est vrai que Francelise, pas rancunière pour deux sous, me baillait un sacré coup de main comme à son habitude. En effet, elle connaissait tout le monde au Grand Marché, sur la gare des taxicos de la Pointe Simon, à la place de la Savane et dans les lieux stratégiques des quartiers plébéiens. Ayant exercé mille métiers – repasseuse, vendeuse, garde-malade, employée municipale, barmaid entre autres – avant que Saint-Hubert ne l'arrache au dénantissement, elle savait comment ramener au bercail un gamin fugueur ou surprendre un mari volage. Soit dit en passant, j'avais été un beau salaud d'avoir refusé sa proposition de convoler en justes noces !

Et puis, je n'avais pas envie de me faire canarder une seconde fois. Je n'avais d'ailleurs fait aucune déclaration à la police, sachant que j'aurais été froidement reçu. N'ayant qu'une banale éraflure à l'épaule, les flics auraient classé l'affaire. Seul l'inspecteur Maxence en fut (tardivement) informé et là, je dois avouer que sa réaction m'inquiéta au plus haut point.

— Ta vie est en danger, mon gars. Tu ne vas quand même pas la risquer pour l'acompte de deux mille cinq cents euros que t'a filé la veuve !

— Je croyais qu'il était du devoir de la police d'élucider les crimes, non ?

— On a fait notre boulot, Teddyson, et le plus sérieusement du monde. Je peux te le garantir.

— Et ça a donné quoi ? fis-je en m'esclaffant.

Maxo ne réagit pas à ma pique. Je n'étais pas fair-play car je savais bien que tout avait été, à l'époque, mis en œuvre pour découvrir l'assassin de l'entrepreneur. Sans résultat. Et malgré la découverte d'Isabela Hernandez Rincon en salle de réanimation à l'hôpital de La Meynard, sa hiérarchie n'avait pas l'air d'être très pressée de rouvrir le dossier.

— Sésostris Ferdinand était une ordure, reprit l'inspecteur, une belle ordure. Tu veux finir six pieds sous terre pour un mec pareil ? Et sa bonne femme non plus n'est pas très nette. Je me demande même si elle ne cherche pas à faire épingler quelqu'un en particulier.

— Comment ça ?

L'inspecteur Maxence fronça les sourcils. Je sentais qu'il commençait à en avoir assez de cette histoire à tiroirs. Elle l'avait amusée au début, c'est sûr. Elle lui avait permis de sortir de la routine de son commissariat, mais là, les choses traînaient en longueur, les pistes s'emmêlaient comme à plaisir et aucun dénouement ne semblait se profiler à l'horizon. Il me déconseillait donc vivement de me rendre au rendez-vous de Texaco.

— Les pêcheurs prennent la mer un peu avant quatre heures du matin. À ce moment-là, y a pas un seul flic de disponible, m'avait-il averti. Ceux qui sont de garde à l'hôtel de police roupillent, mon pote. Donc si jamais il t'arrive quelque chose, compte pas sur eux !

Moi par contre, j'étais émoustillé par le cas Sésostris Ferdinand. Comme un vrai gamin ! Je savais, en outre, qu'avec de la patience et un peu de vaseline, un éléphant parvient toujours à enculer une fourmi, selon un proverbe créole qu'aimait à citer feu Tonton Milo, lequel avait fini par devenir ma référence philosophique dans cette putain de vie. Plus je repensais à lui, plus son énergie débordante m'impressionnait. Il avait beau ne plus y voir très clair, être devenu à moitié sourd, baver les trois quarts du temps et chier sur lui, il avait conservé son humour jusqu'à l'ultime seconde.

— Infirmière ! In-fir-mi-è-re ! gueulait-il en désignant son arrière-train dont le pyjama blanc avait soudainement viré au marron, la commission est arrivée, oui. Ha-ha-ha !

Je rendis à l'inspecteur Maxence les photos des dessins à la farine que l'assassin de Sésostris avait disposés tout autour du cadavre de l'entrepreneur. Je les avais fait examiner par mon pote universitaire spécialiste de la culture haïtienne et son jugement avait été sans appel : c'étaient de grossières, de très grossières imitations des « vèvè », ces dessins complexes que faisaient les prêtres vaudous lors des cérémonies. Elles ne pouvaient pas avoir été réalisées par un initié et aucun Haïtien non initié ne se serait permis, selon lui, de se livrer à ce genre de simagrées.

— La piste borlette s'écroule, alors ? fit l'inspecteur Maxence.

— Hum… Pas vraiment… Un complice martiniquais de notre assassin aurait fort bien pu agir sur ses ordres. De toute façon, je veux en avoir le cœur net et j'irai à ce rendez-vous de Texaco.

— Je t'aurai prévenu, mon cher Teddyson !

Cette fois, je pris soin de charger mon P38, mais je me vêtis en jogger quoique, en admirateur de Churchill, j'aie toujours eu horreur du sport en général et des baskets en particulier. N'exerçant plus guère d'activité physique, après avoir tout de même coupé la canne à sucre durant trois siècles pour des fumiers de planteurs esclavagistes, le Martiniquais, pauvre diable, était désormais menacé de surcharge pondérale. L'impérialisme esthétique occidental s'étant imposé, les bonnes femmes s'employaient à devenir des planches à repasser et traquaient le moindre kilo soi-disant superflu à coups de marches matutinales. Je passerais donc inaperçu dans un premier temps. Mais au jour dit, que Jéhovah en soit maudit, je fus réveillé aux aurores par un énième cirque de Francelise, mon ex-ange gardien, celle qui concubinait désormais avec monsieur Saint-Hubert, le digne cadre de la Banque internationale des Caraïbes et héritier putatif du vieux béké Meynard de Queilhe. Je n'en crus évidemment pas mes oreilles car la drôlesse nageait (du moins, l'espérais-je) dans l'heureuseté et c'était vraiment pas le jour pour venir me casser les bonbons puisque j'avais le pressentiment que ce mystérieux rendez-vous à Texaco, que m'avait fixé l'enveloppe en papier kraft punaisée sur ma porte, éclairerait mon enquête de manière décisive. De plus, il n'était pas dans les habitudes de Francelise de venir me harceler aux aurores, c'est-à-dire quand il n'y avait pas âme qui vive dans mon quartier du Bas-Calvaire. Elle préférait moult fois l'heure de midi, quand elle était sûre que son cirque lui attirerait le maximum d'attention de la part de la badaudaille.

— Raymond, descends tout de suite ! gueulait-elle depuis le trottoir en tambourinant sur ma porte d'entrée comme une épileptique.

J'avais passé une bonne partie de la nuit à m'encanailler dans le cabaret de mon pote Alberto et je m'étais envoyé etcetera de mojitos avant de m'envoyer en l'air avec Veronica del Monte qui en avait profité pour me rabâcher son désir de s'installer comme commerçante en tissu dans sa ville de Santiago, à l'extrême nord de la République dominicaine. C'est dire que j'étais en poudre ! Je m'étirai donc difficultueusement dans mon lit sur le rebord duquel je réussis à me mettre en position assise, puis je voulus enlever mon pyjama pour passer à la douche. Je m'étais, en effet, fixé comme règle de ne jamais réagir immédiatement aux macaqueries de Francelise, espérant qu'un jour ou l'autre, elle serait victime d'une extinction de voix et qu'effrayée, elle prendrait la résolution de ne plus jamais m'enquiquiner. Or, pas de pyjama ! J'avais dormi nu. Comme un congolio. Enfin, un ver de terre, je veux dire. Un sentiment de vergogne m'assaillit aussitôt car j'avais promis à feu Tonton Milo, sur son lit de mort, juste avant qu'il ne me couche sur son testament (et juste après la fameuse quinte de toux qui avait failli le faire passer de vie à trépas), qu'à partir de dorénavant, selon une expression que le fait-chier affectionnait, je me vêtirais dignement avant de céder aux avances de Morphée.

— J'ai trois cent soixante-cinq pyjamas, m'avait-il déclaré. Tous soigneusement repassés et rangés dans mon armoire. Tu n'auras qu'à en mettre un chaque soir, Raymond… heu, pardon Jack. Hi-hi-hi !… Et veille bien, le 31 décembre, à en acheter autant chez mon ami Mounir Abdallah pour l'année suivante. « L'Étoile de Damas » vend les pyjamas les plus raffinés de Fort-de-France.

J'avais promis à mon oncle d'abandonner ma détestable habitude de me coucher (et donc de me réveiller au matin) comme un Zoulou, peuple qui représentait à ses yeux ce que l'humanité avait de moins avancé. Je faillis tout foutre en l'air en m'indignant d'une telle comparaison et en lui listant les exploits du grand chef Chaka Zoulou, mais la raison l'emporta : j'avais besoin de son foutu héritage comme un boat-people cubain ou haïtien du bateau de gardes-côtes étasuniens. Et puis, nos ancêtres esclaves n'avaient-ils pas dormi nus, à même le sol, dans des cases infâmes, trois siècles durant ? Revêtir un pyjama était une manière de revanche sur cette animalisation que ceux de Meynard de Queilhe avaient imposée aux miens. Bref, j'étais à poil ce matin-là et pas content du tout de le découvrir. Et en bas de chez moi, y avait Francelise qui faisait un ramdam du tonnerre de Dieu.

— Raymond, tu vas m'ouvrir, s'énerva-t-elle, en grimpant dix degrés plus haut sur l'échelle de Richter, ou sinon je te défonce cette porte.

Désireux de régler cette affaire au plus vite afin de pouvoir honorer mon mystérieux rendez-vous de Texaco, je descendis quatre à quatre l'escalier en bois vermoulu conduisant au rez-de-chaussée, prêt à lui faire toutes les concessions possibles et imaginables. Elle n'allait tout de même pas saboter l'enquête de ma vie ! Celle qui, enfin, ferait de Jack Teddyson le plus célèbre détective privé non seulement de la Martinique et des îles circumvoisines, mais aussi du continent américain tout entier (et même de la France et de la Navarre). Lorsque j'ouvris la porte, Francelise faillit tomber du mal caduc.

— Il... Il a rétréci, Bondieu-Seigneur-La-Vierge-Marie ! balbutia-t-elle en pointant du doigt mon organe viril.

J'avais donc oublié de passer une de ces robes de chambre dont Tonton Milo m'avait fortement recommandé le port « car il faut boire son premier café du matin en étant présentable ».

— Non content d'avoir rapetissé, continua Francelise dont la qualité du français s'était drôlement améliorée au contact de ce péteux de Saint-Hubert, ta calvitie a encore progressé et ta bedondaine te donne un air de femme enceinte de quatre mois ! ! !

J'examinai les différents objets du délit pour m'apercevoir, à mon grand déplaisir, que la donzelle avait bel et bien raison. Cette enquête m'avait littéralement pompé et je ressemblais à un zombi. Je repensai alors à cette sentence d'Épictète :

Si tu te lances dans une entreprise qui dépasse tes forces, non seulement tu te conduis comme un idiot, mais tu négliges d'accomplir ce qui était dans tes possibilités.

Il avait raison le vieux sage de Hiérapolis ! J'aurais dû me contenter de filer les maris ou les femmes volages, enquêter sur les dettes de jeu, mettre le grappin sur les gamins fugueurs, bref, m'adonner à des trucs qui étaient dans les cordes de Jack Teddyson. L'affaire Sésostris Ferdinand, à l'évidence, dépassait de beaucoup mes modestes capacités sherlock-holmiennes. En fait, tout ça remontait à beaucoup plus avant : au lieu d'aller étudier le droit à Assas, j'aurais dû résister à l'ambition démesurée de mes géniteurs et m'inscrire en philo comme j'en avais toujours eu l'envie. Mais, bon, visiblement, il était trop tard !

— Cache-moi ce matériel hors d'usage ! ricana Francelise à qui je ne connaissais pas tant d'humour, j'ai à te causer.

Un short sale et un tee-shirt frappé à l'effigie du Che traînaient sur mon fauteuil. Je les enfilai illico presto, pas fier pour trois sous. Ce qu'elle me révéla me laissa tout bonnement pantois : Saint-Hubert était un usurpateur. Ben oui, quoi, un mec qui avait prétendu être la personne que je recherchais pour le compte de Meynard de Queilhe, mais qui en réalité n'entretenait aucun lien de parenté avec ce dernier.

— Tu déconnes ? fis-je, complètement sonné.

— Du tout pas ! rétorqua-t-elle, retrouvant son français créolisé habituel. Du tout pas, je te dis !

Curieuse dans l'âme, elle avait passé son temps à fouiller la villa californienne de Saint-Hubert pendant qu'il sévissait dans son institution bancaire et avait découvert qu'en réalité son prénom était tout ce qu'il y avait de plus banal. Henri ! Il m'avait donc couillonné la toute première fois où nous nous étions rencontrés (celle où le phénoménal postérieur de Francelise l'avait statufié sur le trottoir faisant face à chez moi) en déclarant se prénommer Lionel. À ma décharge, je ne voyais pas comment j'aurais pu lui demander de me présenter ses papiers afin de vérifier. Un détective privé n'est pas un flic ! Du reste, j'étais si content d'avoir mis la main sur le fils adultérin de Meynard de Queilhe que semblable idée ne m'aurait jamais traversé l'esprit.

— Mais il a bien cette tache… cette envie sur l'avant-bras, non ?…, m'étranglai-je.

— Pff ! Tatouage, mon cher.

— Comment a-t-il fait pour les papiers ? demandai-je à Francelise.

— Quels papiers ?

— Il a bien fallu qu'il présente sa carte d'identité, un extrait d'acte de naissance ou je ne sais quoi pour que le vieux béké puisse faire sa reconnaissance en paternité, non ? Et pour le terrain que ce dernier lui a légué itou !

— Bof ! Il a le bras long, Henri Saint-Hubert, éructa Francelise. Il a des connaissances partout. Il invite sans arrêt chez lui des avocats, des notaires, des juges. C'est la fiesta permanente à Trois-Îlets !

Je jetai un œil discret à l'increvable horloge murale de Tonton Milo. L'heure de mon rendez-vous à Texaco approchait à grands pas. Francelise se rendit compte de ma fébrilité.

— Tu attends quelqu'un ? me lança-t-elle, son taux d'adrénaline recommençant à grimper dangereusement.

— Heu non… Je… Je dois sortir…

— Sortir ? À quatre heures du matin ? Tu veux amblouser qui, là ? Pas moi, compère ! Pas Francelise ! Ne me raconte pas des salades, tu attends ta salope de Veronica del Monte, c'est ça, hein ? C'est ce qui explique que tu sois descendu ouvrir dans le plus simple appareil.

Et la tigresse (là, je pigeai la phrase du prix Nobel de littérature nigérian Wole Soyinka selon laquelle « Le tigre ne crie pas sa tigritude, il bondit sur sa proie ») de me faire un croche-pattes et de se mettre à me filer une série de baffes bien senties accompagnées de coups de griffe au visage. Je tentai de me protéger autant que faire se pouvait, ma philosophie de gentleman m'interdisant de « cueillir des mangues sous les côtes d'une femme », selon l'expression hilarante de Tonton Milo. Lorsque Francelise estima qu'elle m'avait suffisamment calotté, égraphigné, martyrisé, tabassé, concassé même, elle se redressa et m'ordonna :

— Tu me fais l'amour ! Allez, dépêche-toi ! Là sur ton bureau à la con.

Elle envoya valser une pile de dossiers d'enquêtes en souffrance, se dévêtit en six-quatre-deux et s'allongea à côté de mon ordinateur lequel menaçait de tomber par terre. Je dus m'exécuter. Tout en sachant que c'était très mauvais et pour ma santé et pour ma clarté d'esprit si j'en croyais Alberto, mon pote saxophoniste-clarinettiste-accordéoniste.

— Et les préliminaires ? m'entendis-je bafouiller, sachant parfaitement qu'une telle excuse relevait de la plus crasse des mauvaises fois.

Bref, à quatre heures pile – l'horloge de Tonton Milo faisant foi –, nous achevâmes de faire ce pour quoi la nature avait conçu l'homme et la femme et Francelise de me jeter au visage :

— C'est ma période ! Ha-ha-ha ! Cette fois, tu n'y couperas pas, compère. Francelise ne montera sans doute jamais à l'autel nuptial au bras de Raymond, mais au moins feront-ils un beau bébé.

J'en eu des sueurs froides. J'avais jamais désiré mettre un chiard au monde. Rien ne m'épouvantait plus que l'idée de devoir faire guili-guili toute la sainte journée à une minuscule créature qui me baverait dessus et pousserait des cris à me fendre les tympans.

— Tiens, c'est pour toi ! me lança Francelise en me voltigeant un paquet qu'elle sortit de son sac à main avant de remettre sa robe et de se diriger vers la porte, radieuse comme c'était point permis. Et, pour ta gouverne, sache que si Saint-Hubert a réglé ta cotisation à la Fédération gaulliste de la Martinique, c'était pour t'acheter, pauvre couillon !

Dehors, il n'y avait pas encore grand monde, hormis Béhanzin, l'éternel vendeur d'eau de coco, qui garait sa charrette à bras à l'angle de ma rue et qui la voyant sortir toute dépenaillée, ne put s'empêcher de soliloquer :

— Il en a de la santé, le sieur Jack Teddyson ! Et dire que ma Justina à moi, elle m'a rejeté comme un paquet de hardes sales.

En fait, Francelise m'avait photocopié divers documents appartenant à Saint-Hubert, en particulier sa carte d'identité et son livret de famille. Elle avait raison : le banquier m'avait mené en bateau. Mais je ne disposais pas du temps nécessaire pour examiner tout cela. Il me fallait courir comme un dératé si je ne voulais rater mon rendez-vous à Texaco. J'enfilai donc la tenue de jogging et les baskets à la con que j'avais achetés deux jours plus tôt et entrepris de traverser l'En-Ville au rythme d'un Kenyan en finale des Jeux olympiques. Je franchis le pont de l'Abattoir au moment où les premiers camions de la voirie municipale se mettaient en branle. Effectivement, des joggers, solitaires ou en petits groupes, avaient commencé leur échauffement matinal. Je me sentais pour ma part gauche, sinon lourdaud, dans mes Nike flambant neuves, et déjà mes poumons commençaient à me demander pardon, sans doute parce que ces derniers temps, j'avais dépassé le quota de cinq minicigares Davidoff quotidiens que mon toubib, un cousin éloigné, m'avait prescrits. Arrivé aux abords du petit port Texaco, je ne vis que des pêcheurs en train de préparer leurs filets ou de verser des bidons d'essence dans les bacs de leurs canots multicolores aux noms baroques. Le premier que je déchiffrai me sapa le moral tout net : « VA COMME JE TE POUSSE ». Il définissait à la perfection ma façon de mener cette foutue enquête. Contrairement à mes habitudes, je n'avais élaboré aucun plan, défini aucune priorité, entamé aucune filature un tant soit peu sérieuse ni même envisagé la moindre planque. Je m'étais laissé bêtement guider par le hasard. Ou plutôt manipuler par la veuve Sésostris. Mener en bateau par Saint-Hubert. Ballotter par Veronica et son pote patron de borlette, l'Haïtien Ti Jérôme. Entraîner sur la piste bidon des tournois de poker clandestins organisés par les Syriens. Tourner en bourrique par ce *hijo de puta*[1] de Don Felipe. Amadouer par ce descendant d'esclavagiste de Meynard de Queilhe. Tournebouler par Francelise et son diabolique postérieur. Et que sais-je encore…

— T'es comme un chien à bord d'une yole, m'entendis-je maugréer.

C'est alors qu'un Européen, d'une soixantaine d'années environ, apparut du côté du ponton où se trouvait une case-à-rhum, point de ralliement des pêcheurs dès qu'ils rentraient de Miquelon. Vêtu d'un survêtement bleu marine, il sautillait sur place en jetant de temps à autre des regards appuyés autour de lui. Lorsqu'il m'aperçut, il me fit un geste anodin de la main, m'indiquant l'amas de rochers artificiels qui protégeait la côte des assauts de la houle. Cet endroit, peu hospitalier, était le refuge des fumeurs de ganja, le cacatoir des habitants de Texaco dépourvus de sanitaires, et, à la nuit close, le coin favori des pêcheurs à la ligne. J'hésitai à m'y aventurer, mais j'avais beau scruter tout Texaco,

1. Fils de pute.

personne d'autre ne semblait m'y attendre. Les hordes de joggers, qui remontaient vers la Pointe-des-Nègres, ne faisaient pas la moindre attention à ma sans doute insignifiante personne. Le Blanc-France continuait à me faire signe en haussant les sourcils et en m'indiquant de le suivre à l'aide du menton. Furax, je finis par comprendre : ce mec était un ma-commère, une pedzouille, quoi ! Et il draguait non pas en boîte mais sur la voie publique et pire, en un lieu où les honnêtes citoyens s'appliquaient à mettre en pratique le sage précepte antique « Mens sana in corpore sano ». Je fonçai droit sur le tas de rochers et alpaguai le bonhomme par le collet, brandissant ma carte de détective privé :

— Tu me veux quoi, là ! Espèce de tapette !

À ma décharge, ce déchaînement d'ignoble homophobie était dû à ma très stricte éducation chrétienne reçue dès ma plus tendre enfance et au fait qu'aussi, j'étais enfin déterminé à me montrer actif dans ma vie et non plus me laisser conduire par les événements. Ce type avait osé punaiser une enveloppe sur ma porte, il m'avait convoqué ici aux aurores et moi, comme un con, j'avais obéi, le doigt sur la couture du pantalon. Eh bien non, ça changerait de thèse à présent ! pour utiliser une expression de Tonton Milo. C'est moi, Jack Teddyson, qui prendrais désormais le contrôle des opérations. Hélas, je n'eus pas fini de l'agonir d'injuriées qui m'auraient valu le Tribunal pénal international, qu'il me fit une prise de jiu-jitsu qui m'étala sur les rochers acérés, m'arrachant des cris de singe hurleur au grand dam de trois rastas déchirés qui guettaient, en vain, un signe de Jah dans le ciel translucide du matin.

— Laisse-moi voir ça ! brailla l'énergumène. T'as une carte professionnelle barrée de bleu-blanc-rouge ? Mais c'est interdit, mon gars ! Complètement illégal.

À sa voix, je reconnus le commissaire Clerveaux, le supérieur hiérarchique de mon ami, l'inspecteur Maxence. Quoique doué d'une mémoire éléphantesque, je ne l'avais point reconnu parce qu'il s'était rasé la moustache et les ridicules rouflaquettes poivre et sel qui lui donnaient l'air de sortir tout droit d'un roman de Balzac.

— Et puis, pour un privé, tu devrais faire gaffe aux inconnus, se mit-il à rigoler. D'autant que judo, jiu-jitsu ou karaté, ça m'a tout l'air d'être du chinois pour toi. Ha-ha-ha !

— Que… Que me voulez-vous ?

— Ah, je préfère ! Là, tu es dans tes cordes. Un détective, ça doit juste poser des questions et faire des filatures, rien de plus, mon gars ! Tout le reste est du ressort de la police nationale.

Le commissaire Clerveaux se remit à sautiller comme s'il se préparait à courir un marathon. Pour ma part, je tentai difficultueusement de me remettre debout. Bon, c'est vrai que je m'étais inscrit par deux fois au Shotokan-Club de Clairière pour me métamorphoser en Bruce Lee, mais la première fois, j'avais abandonné au bout de deux cours vu que je fumais Davidoff sur Davidoff à l'époque. La seconde fois, un laideron aux muscles saillants avait cru pouvoir m'aguicher à la sortie du club, m'invitant à venir chez elle sous le prétexte fallacieux de pratiquer la méditation transcendantale. Or, non seulement, ce genre de truc me gonflait, mais de surcroît, je n'avais pas pour habitude de brader mon sperme, merde !

— Bon, maintenant, on va causer sérieusement, reprit le commissaire en étirant les bras à la manière d'un prof de gym. Comme deux grandes personnes, OK ?

J'opinai du chef. De toute façon, Jack Teddyson n'avait pas d'autre porte de sortie.

— Je sais que cet enfoiré de Maxence t'a filé le dossier d'enquête sur le meurtre de Sésostris Ferdinand. Allez, fais pas l'innocent ! Y a longtemps que j'ai flairé votre petite combine. Je ne sais pas ce qu'il y gagne, d'ailleurs, vu que toi, tu ne te fais que des clopinettes. Au fait, seriez pas pédés tous les deux justement ? Ha-ha-ha !... Selon, les RG, tu ciblerais Saint-Hubert, le type de la Banque internationale des Caraïbes, c'est vrai ça ?

— Heu... Disons que j'en suis arrivé à le placer en n° 1 de la liste des suspects. Avant lui, la veuve Sésostris occupait cette place...

— La veuve Sésostris ! Mais t'es con ou quoi, Jack Teddyson ? Et pourquoi qu'elle ferait ça, cette chère dame ? Figure-toi qu'elle et moi, on se connaît bien, très bien même, et je me porte garant de sa moralité. Ha-ha-ha !

Encore une info qu'Irmine m'avait cachée ! Elle avait pourtant fait mine d'être très en colère contre la police qui, à l'entendre, aurait bâclé l'enquête sur l'assassinat de son entrepreneur de conjoint.

— Bon, il n'est pas dans mes habitudes de relancer les affaires qui n'ont pas été résolues. On n'est ni à Charleville-Mézières ni à Montauban, mais pour une fois, je ferai une exception. Je suis gaulliste moi aussi et ça m'emmerde que la fédé de la Martinique puisse être mêlée à ce machin glauque. Je vais donc jouer au Maxence, je vais te filer un tuyau.

Il remonta lestement sur la terre ferme tandis que moi, j'escaladai péniblement les foutus rochers qui protégeaient la côte de Texaco. Il faisait grand soleil à présent et les derniers joggers regagnaient leurs voitures garées dans un parking tout proche.

— Pourquoi ce cinéma d'enveloppe collée sur ma porte ? fis-je dans une tentative, que je savais désespérée, de reprendre le dessus, le commissaire Clerveaux étant apparemment – et aussi incroyable que cela puisse paraître – plus balaise en maïeutique que Jack Teddyson, bien que ce dernier ne s'endormît jamais le soir sans avoir lu trois ou quatre pages de Sénèque ou de Schopenhauer lesquels, à vrai dire, n'ont jamais pratiqué cet exercice socratique.

Le commissaire reprit un air sérieux. Et donc forcément menaçant.

— Officiellement, j'ai jamais eu de contact avec toi, Teddyson. N'oublie pas que la loi française ne fait que tolérer les détectives privés ! Vous empiétez sur nos plates-bandes en vous faisant du pognon en plus… Ce matin, je t'ai croisé tout à fait par hasard alors que chacun de nous faisait son jogging matinal. On est d'accord ?

— D'a… D'accord !

— T'as pas intérêt à hésiter, mon gars. Tu sais qu'il me suffit d'un coup de fil au préfet pour faire sauter ta licence. Et d'ailleurs, tu me feras le plaisir de te refaire une carte professionnelle sans bleu-blanc-rouge dessus, s'il te plaît. Seuls les fonctionnaires y ont droit, tu le sais bien !...

J'étais dans mes petits souliers (bien que je chausse du 44). Il m'invita à marcher le long de la grève où certains pêcheurs, revenus du large, accostaient déjà. Une journée radieuse s'annonçait. Le ciel était parsemé de jolis nuages de beau temps. Adoptant un ton grave, le commissaire Clerveaux enchaîna :

— C'est vrai qu'au début, j'avais soupçonné madame Irmine Ferdinand. Tout jouait contre elle... Cette pute dominicaine dont elle était jalouse, son mari qui la cognait pour un oui ou un non, tout le fric qu'elle récupérait suite à son décès, l'entreprise de construction et leur villa du Vauclin qu'elle pourrait revendre à un bon prix... Et puis, leurs trois enfants sont étudiants à Paris où le couple possède un appartement. Si ça se trouve, elle avait peut-être envie de s'installer définitivement à Paname, histoire de fuir cette île à moustiques et à cyclones.

Je ne voyais pas où il voulait en venir. Toutes ces supputations, je les avais faites moi aussi et je n'en avais rien tiré de concluant. Aucune preuve concrète en tout cas. Juste des soupçons.

— Venons-en à plus parlant... Parmi toutes ses maîtresses, reprit le commissaire d'un ton faussement détaché, le député Jacques-André Salbert en possède une à laquelle il est particulièrement attaché. Tu vois de qui je veux parler ?

— Non... Pas vraiment...

— Une dénommée Justina qui habite le quartier Renéville. Une sorte de géante, grande gueule en plus… Paraît qu'ils ont été amis d'enfance et puis, ils se seraient perdus de vue pendant des années avant que notre Sésostris ne les fasse se rencontrer à nouveau. Bon, Justina était, avant ça, la maîtresse de l'entrepreneur. Pourquoi il l'a refilée à Salbert ? Ça, je t'avoue que je n'en sais rien. Solidarité gaulliste, je suppose. Ha-ha-ha !

— Comme disait Audiberti, le…

Le commissaire Clerveaux se renfrogna. Son front dégoulinait de sueur à cause de la chaleur qui commençait à monter.

— Arrête avec tes citations à la noix, Teddyson ! Garde-les pour épater Maxence ou tes copains, OK ? Moi, la littérature, j'en ai rien à cirer… Ce que j'ai à te dire, c'est que la Justina officie en tant que receleuse du magot de la Fédération gaulliste et qu'elle se sert au passage… Eh oui, mon vieux ! Les bonnes femmes sont pas aussi bouchées que nous le croyons. Seulement, elle n'est pas très futée, la chère dame. Elle a ouvert sept comptes dans diverses banques de la place et chaque mois, elle verse cinq cents euros sur chacun d'eux. Bon, c'est pas des sommes énormes, je te l'accorde, mais au bout d'un moment, ça commence à faire un joli pactole. Tu vois où je veux en venir ?

Je me mis à cogiter à deux mille à l'heure. Peut-être que le cambriolage que Maxence et moi avions constaté lors de notre visite chez Justina était une entourloupe. Peut-être qu'elle avait raflé les vingt mille euros en question ! D'ailleurs, elle était effectivement venue porter plainte le lendemain au commissariat de Fort-de-France. Comme ça elle était couverte aux yeux du député Salbert !

— Bon, ciao, Teddyson ! me lança le Blanc-France en repartant au pas de course en direction de la Pointe Simon cette fois. Je ne t'ai rien dit et on ne s'est jamais rencontrés, OK ?… Et puis, écoute, d'après Maxence, tu aurais une mémoire hors du commun, utilise-la, merde !

— Mer… Merci…

Tout était désormais clair en tout cas : ayant sans doute appris les velléités de Sésostris de ravir le poste de député de Salbert, Justina avait eu une sainte trouille que le flux incessant d'argent qui transitait par chez elle ne s'arrêtât. Et comme elle ne pouvait pas ne pas être au courant de la relation entre l'entrepreneur et Isabela Hernandez Rincon, elle les avait (ou les avait fait) liquider tout en maquillant l'affaire en rituel vaudou. Histoire de détourner l'attention sur la communauté haïtienne et surtout la borlette à laquelle, là encore, elle ne pouvait ignorer que Sésostris était mêlé.

Du grand art !

CHAPITRE 13

Entre-temps, donc, Veronica m'avait donné rendez-vous, non pas chez elle, rue Bolivar, comme à l'ordinaire, mais sur la jetée, là où la rade de Fort-de-France s'offrait d'un seul tenant. L'endroit étant toujours animé, on ne ferait pas attention à nous, mais ce n'était pas non plus le lieu idéal pour avoir une conversation discrète. Or, le ton de ma Dominicaine avait été haletant :

— J'ai du nouveau pour toi, Jack. C'est pas les Syriens qui ont fait le coup, je te jure ! Pas plus que Ti Jérôme, même s'il était enragé qu'un Martiniquais se soit mêlé de la borlette... *Venga inmediatamente, mi amor*[1] !

Les ribaudes dominicaines étaient trop élégantes pour se fournir en fringues chez les Syriens (elles en importaient de Miami), mais certains d'entre ces honorables commerçants levantins étaient leurs clients réguliers et il était fort probable que Veronica connaisse Mounir Abdallah, le proprio de « L'Étoile de Damas ». Il est vrai que ce dernier

1. Viens immédiatement, mon amour !

s'était fait une super-réputation dans ledit milieu, non pas pour des exigences particulières en matière de galipette, mais parce que suite à un concours de circonstances inouï, il avait sauvé la vie de l'une de ces dames. En effet, selon Radio-bois-patate*, une désespérée du nom de Carmen avait grimpé sur le parapet du pont Gueydon, un après-midi d'intense chaleur, et s'apprêtait à se jeter dans l'eau nauséabonde du canal Levassor lorsqu'elle entendit une musique qui la stoppa net. Mounir prenait le frais sous un quénettier* tout proche, un gros poste de radio posé sur les genoux, les yeux mi-clos. Il captait une station moyen-orientale qui diffusait en permanence des chansons d'Oum Kalsoum, la diva égyptienne, chansons d'une tristesse à faire pleurer le plus indécrottablement gai d'entre les nègres. Bien que ne comprenant goutte à la langue utilisée, Carmen se figea sur place une bonne heure durant, comme tétanisée par cette voix légèrement androgyne. C'est dans cette position que la maréchaussée, finalement prévenue par les riverains, procéda à son interpellation. Tandis qu'ils l'embarquaient, la Dominicaine s'était mise à hurler :

— C'est cette chanteuse qui m'a sauvée ! Qui c'est ? Dites-le-moi, s'il vous plaît !

Évidemment, la nouvelle avait fait le tour de l'En-Ville où chacun écarquilla les yeux car lorsqu'on passait rue des Syriens, leur musique soit agaçait soit vous plongeait dans une tristesse insondable. Du coup, Mounir se mit à avoir des clientes parmi les péripatéticiennes hispaniques. Lui et les siens étaient donc absolument hors de cause dans l'assassinat de Sésostris Ferdinand, prétendait

Veronica. Fort bien, mais il faudrait qu'elle m'en donne des preuves plus convaincantes car j'avais de forts doutes quant à son impartialité à leur endroit. Et des doutes encore plus puissants s'agissant du sieur Ti Jérôme, l'ombrageux patron de borlette. Veronica espérait trop gagner le gros lot afin de pouvoir ouvrir un commerce dans sa ville natale de Santiago pour accabler celui qui était en mesure de lui permettre la concrétisation dudit rêve. Bref, dans les deux cas, son opinion, ou plutôt, ses affirmations étaient peu fiables.

Perplexe, je m'étais donc rendu sur la jetée et l'avais attendue au lieu dit : le deuxième quai d'embarquement des pétrolettes reliant Fort-de-France à l'Anse Mitan. Des touristes européens en short et casquettes, visiblement ravis d'échapper au métro-boulot-dodo, y piaillaient comme des merles autour d'un pied de prunes chili. Quelques mendiants faisaient la manche sans conviction sous le regard agacé de deux marchandes de pistaches grillées. Personne donc ne fit attention à ma personne. J'avais chaussé mes Ray-Ban par prudence et avait dissimulé ma semi-calvitie à l'aide du feutre élimé trouvé dans les affaires de Tonton Milo que m'avait remises l'hospice au lendemain de son décès. Pour passer inaperçu, j'avais ouvert *Antilles-Matin* à la page du tiercé et faisais mine d'examiner attentivement les pronostics du jour, voguant mentalement vers l'hippodrome d'Auteuil. Veronica m'avait demandé d'être là à seize heures, mais comme elle n'était pas la ponctualité faite femme, je ne m'inquiétai pas lorsque la cathédrale sonna la demie. Soudain, deux hommes inconnus de moi s'assirent de chaque côté du banc où j'étais assis et l'un d'eux m'intima, à voix basse :

— Tu nous suis !

L'autre, une main dans la poche de sa veste, pointait une arme de petit calibre dans ma direction. Je faillis m'étrangler de rire. Non, mais ils se croyaient où, ces charlots ? À Chicago ou alors dans le Bronx ? Devant ma réaction, ils se collèrent tout contre moi et le premier sortit un rasoir avec lequel il fit mine de m'érafler la cuisse. J'aurais pu crier au secours, mais je savais qu'aucun des touristes présents n'aurait levé le petit doigt et que les deux marchandes se seraient enfuies comme des mangoustes.

— C'est... C'est Veronica qui vous envoie ?... balbutiai-je.

— Ferme-la, camarade ! aboya l'homme au revolver. Tu viens avec nous, c'est tout !

Je fus bien obligé d'obtempérer. Les deux compères me conduisirent à une voiture garée près des latrines de la Pointe Simon, emplacement normalement réservé aux taxicos. Ils m'encadrèrent tout au long du trajet, l'énergumène au revolver m'enfonçant toujours son arme dans les côtes. Je parcourus la jetée du regard dans le fol espoir que Veronica apparaîtrait enfin, mais je fus aussi déçu que sœur Anne. Quand je réalisai que le véhicule avait des vitres si teintées que de l'extérieur il était impossible de voir ce qui s'y passait, je ne pus que me rabattre sur le « Notre Père qui êtes aux cieux » que je récitai intérieurement plusieurs fois comme me l'avait enseigné autrefois ma chère mère. L'homme au revolver, qui s'était assis à l'arrière avec moi, me fouilla et s'empara de mon portable qu'il éteignit.

Mes deux ravisseurs étaient devenus silencieux et l'autre roulait à vitesse prudente au mitan de l'infernale circulation de Fort-de-France. De temps à autre, il me lançait un coup d'œil bizarre dans le rétroviseur. Nous traversâmes l'avenue de Sainte-Thérèse (à qui j'envoyai aussi un appel à l'aide), mais au lieu d'emprunter l'autoroute, nous bifurquâmes route de La Jambette. Bientôt, nous atteignîmes un quartier boisé où des pieds de bambous gigantesques déployaient leurs ramures sur une partie de la chaussée. Puis, la voiture s'engagea dans un chemin de terre et roula à travers la campagne. De chaque côté, des champs de canne en fleur nous barraient la vue si bien qu'il me fut impossible de localiser l'endroit où nous nous trouvions.

— Tourne-toi ! me fit soudain l'homme au revolver qui ôta un bandeau de sa poche et l'attacha autour de ma tête.

Le chemin devait être une piste car nous cahotions sans cesse, ce qui n'empêchait pas le conducteur de maintenir son cap, quoiqu'il jurât de temps à autre. Final de compte, nous arrivâmes à destination. L'homme au revolver me passa des menottes et me fit descendre sans ménagements.

— Vous me voulez quoi ? balbutiai-je.

— Tu vas bientôt le savoir ! ronchonna le conducteur. Et puis, tu la fermes, mec ! C'est nous qui posons les questions. OK ?

Tous deux me saisirent par les bras et me halèrent jusqu'à ce que je supposai être une véranda ou un hangar car le sol n'était plus en terre, mais cimenté. L'homme au revolver m'assit sur une chaise en plastique en me lâchant :

— Bouge pas ! On va bientôt s'occuper de toi.

De longues minutes s'écoulèrent. À part les piaillements des merles, il n'y avait aucun bruit dans les parages. Il me sembla que mes ravisseurs s'en étaient allés car j'entendis claquer les portes de leur voiture, mais ils ne démarrèrent pas. Pour la première fois, je sentis une peur panique m'envahir. Des pensées confuses se bousculèrent dans ma tête. Et si ces deux argousins étaient les mêmes qui m'avaient canardé ce fameux soir où j'étais en train de me garer près de chez moi ? Béhanzin, le vendeur de cocos, n'avait-il pas eu raison de penser que cette agression avait partie liée avec la drogue ? Mais quel rapport entre Sésostris Ferdinand et le trafic d'herbe ou de crack ? L'avertissement de l'inspecteur Maxence me revenait :

— Jack, ne te mêle jamais d'enquêter dans ce milieu-là !

L'attente dura ce qu'il me sembla être deux bonnes heures, mais j'avais, bien évidemment, fini par perdre la notion du temps. Pour tenter de dompter ma peur, je me mis à marmonner sans arrêt, tel un mantra, cette injonction de Nietzsche :

Crois-moi, démon aux éruptions tapageuses et infernales ! Les plus grands événements, ce ne sont pas nos heures les plus bruyantes, mais nos heures les plus silencieuses.

Une violente tape sur la nuque mit fin à mes cogitations philosophiques. Plusieurs hommes m'entouraient à présent à en juger par le bruit de leurs bottes sur le ciment. Je sentais l'odeur fauve de leur sueur comme s'ils venaient de crapahuter durant vingt kilomètres. L'un d'eux colla le canon d'un fusil contre ma tempe et gueula :

— Teddyson de mon cul, oui ! T'es que Raymond Vauban et rien d'autre, mon pote. Un petit détective de merde qui a eu tort de fourrer son nez dans une affaire trop importante pour lui.

— Tu bosses pour qui ? m'interrogea un autre en créole. Tu cherches quoi ?

Je sentais la froideur du métal contre ma peau et curieusement, je ne me mis pas à trembler, même si je crevais de peur. Soudain, un coup de feu partit et je faillis tomber à la renverse. L'un de mes ravisseurs venait de tirer en l'air en plaçant son arme à quelques centimètres de moi. Malgré le bandeau qui me bouchait les yeux, je pouvais distinguer quand même des ombres. Tous éclatèrent de rire et l'un d'eux fit passer une bouteille d'alcool (du whisky d'après l'odeur) qu'ils ingurgitèrent avec des glouglous terrifiants et recrachèrent à mon visage.

— *Take it easy, man !* gueula un homme à l'accent caribéen, *we musn't kill that motherfucker*[1].

Une tremblade irrépressible s'empara de moi. Béhanzin avait vu juste. J'avais sans aucun doute affaire à des Saint-Luciens. À l'un de ces innombrables gangs martinico-saint-luciens spécialisés dans l'introduction et la revente d'herbe et de crack. Ces gars-là ne jouaient pas ! Rien à voir avec les Haïtiens gentillets et les Dominicains romantiques. C'étaient de vrais durs, des violents même, nourris qu'ils étaient par les feuilletons ricains et le gangsta rap qui inondaient leur île anglophone. Des mecs

1. Vas-y doucement, mec ! Faut pas tuer ce fils de pute !

qui s'imaginaient vivre dans une succursale de South-Central, L.A. ! Cela signifiait-il que Sésostris donnait aussi dans ce trafic ? Possible vu que ce dernier était effectivement beaucoup plus lucratif que l'inoffensive borlette. Pourtant, le député Salbert ne cessait de tonner contre l'invasion de notre île par les stupéfiants et de réclamer des mesures de contrôle draconiennes à nos frontières. Il avait même proposé de multiplier les patrouilles nocturnes sur les principales plages du Sud où la marchandise était débarquée. Était-il donc pensable que Sésostris, son alter ego, son bras droit, l'un des plus gros donateurs de la Fédération gaulliste, pût tremper là-dedans ? Je n'arrivais pas à m'en convaincre.

— Tu vas parler maintenant, m'ordonna l'un de mes ravisseurs en créole saint-lucien tout en m'enfonçant le canon de son revolver dans la bouche cette fois. *Open your mouth, you son of a bitch*[1] !

— Vous... voulez savoir... quoi ? réussis-je à balbutier.

— Fais pas l'idiot, mec ! Donne-nous le nom de celui pour qui tu enquêtes depuis deux mois et vite !

Je n'avais pas le choix. L'inspecteur Maxence avait raison : risquer sa peau pour deux mille cinq cents euros, c'était pas du jeu. Je fus bien obligé de violer le secret professionnel. Mais après tout, la profession de détective privé ne disposait pas de code de déontologie et il n'existait pas d'ordre des détectives comme pour les avocats ou les médecins. Et puis, c'était la veuve Sésostris qui m'avait foutu dans cette merde et il n'y avait aucune raison que je paye à sa place ! Vraiment aucune. Alors que

1. Ouvre la bouche, fils de pute !

je m'attendais au pire, ma révélation provoqua à nouveau un long, un interminable silence, suivi de conciliabules animés en anglais que je ne parvins pas à déchiffrer, l'idiome en usage à Sainte-Lucie n'entretenant que des rapports épisodiques avec celui en usage à Buckingham Palace. Au bout d'un moment, mes ravisseurs me ramenèrent à bord du véhicule et nous réempruntâmes le même chemin de terre parsemé d'ornières. Plus personne n'ouvrait la bouche à présent. C'était pour le moins étrange comme atmosphère. Je me remis à respirer normalement en tout cas. Enfin presque, car il était possible qu'ils décident de me flinguer et de balancer mon cadavre dans les champs de canne qui encadraient la route. La récolte étant encore loin, on ne le découvrirait que dans deux ou trois mois. Et comme on pratiquait le brûlis avant la coupe, il ne faisait aucun doute que mon squelette cramé ne permettrait aucune identification. Fin de partie pour Raymond Vauban, alias Jack Teddyson, éminent détective privé en la bonne ville de Fort-de-France, French West Indies. Des larmes me vinrent aux yeux. Mais bientôt, nous roulâmes sur l'asphalte et je ravalai peu à peu mes craintes. Impossible de savoir, par contre, si mes ravisseurs redescendaient vers la ville ou si au contraire ils remontaient vers l'arrière-pays. Aux faibles bruits de circulation qui me parvenaient j'en déduisis qu'ils avaient dû choisir la deuxième option, chose qui n'était pas très rassurante. Soudain, la portière s'ouvrit de mon côté et l'un des ravisseurs m'envoya valdinguer sur la chaussée tandis que le véhicule, qui avait à peine ralenti, redémarra en trombe.

Je me réveillai je ne sais plus combien de temps après sur un lit d'hôpital. Des infirmières s'affairaient autour de ma personne. J'avais un tuyau dans le nez, un plâtre au bras gauche et mon dos me faisait horriblement souffrir.

— Il a fini par ouvrir les yeux, constata l'une d'elles en approchant son visage tout près du mien.

— On a reçu la radio, répondit une autre. Il a échappé de peu à un traumatisme crânien. Vérifie s'il peut parler !

J'avais des bourdonnements dans la tête.

— Monsieur Vauban, vous m'entendez ? Vous m'entendez ? demanda la première. Si vous ne pouvez pas parler, clignez des yeux !

Je m'exécutai. Elle me demanda alors de me reposer et toutes deux sortirent de la chambre où reposait un autre malade. Une femme bardée de tuyaux elle aussi. Comme la pièce était plongée dans une semi-pénombre, je ne vis pas son visage. Elle semblait bien plus mal en point que moi. Je me mis à cogiter à toute vitesse : on venait donc d'essayer de me faire la peau une deuxième fois. La première fois, on avait canardé ma 4L un soir que je me garais à Bas-Calvaire, juste en face de chez moi et là, on m'avait projeté sur le bitume en plein jour, menotté de surcroît, dans l'espoir sans doute qu'un véhicule me passe sur le corps. L'inspecteur Maxence m'avait bien mis en garde. Cette affaire était beaucoup trop compliquée et surtout dangereuse pour un détective de petit calibre tel que moi. Je n'avais qu'à m'en prendre à mon tempérament présomptueux ou plutôt à mon inconscience. Et tout ça pour quoi, s'il vous plaît ? Pour aider une veuve, certes bandante, à découvrir qui avait pu flinguer et castrer son cher mari. Une enquête que la police elle-même avait vite clôturée alors que Sésostris Ferdinand était tout de même un personnage important de la bonne société martiniquaise. Entrepreneur émérite, donateur reconnu de la Fédération gaulliste, éleveur de bétail et probablement franc-maçon. Tiens, je n'avais pas du tout songé à enquêter de ce côté-là. À tort sans doute.

Je ne dormis pas de la nuit. Au matin, une infirmière vint m'apporter un bol de lait et des biscuits. Elle prit ma température et ma tension avant de déclarer :

— Ça ira, monsieur Vauban, reposez-vous un peu !

Par contre, l'autre malade ne semblait pas aller mieux. Déjà deux médecins étaient passés vérifier ses tuyaux et avaient conciliabulé à voix basse. Quand il fit jour et que la lumière pénétra par les jalousies, je pus voir son visage. Il s'agissait d'une femme. Une femme très belle. De type hispanique. J'étais encore trop sonné pour faire le rapprochement avec Isabela Hernandez Rincon. Je ne pris conscience de son identité qu'au moment de la visite matinale du toubib en chef. Il était accompagné de trois internes et d'un nombre indéterminé d'infirmières. J'avais trop mal au cou pour pouvoir tourner la tête dans leur direction.

— Elle a été salement amochée, la dame…, murmura le toubib qui avait un accent hexagonal. Voyons voir !… Sa blessure à la tempe droite a l'air de se résorber, mais pour ce qui est des coups de couteau qu'elle a reçus au poumon, je réserve mon pronostic. Approchez, messieurs !

Les internes se pressèrent autour d'Isabela. Une infirmière prit la fiche, accrochée au rebord de son lit et se mit à la lire à haute voix en commençant par son nom. Âge, poids, tension artérielle, température, état des différentes blessures, tout y passa. Je faillis exulter. Le dieu Hasard, une nouvelle fois, avait fait preuve de bénévolence envers le pauvre détective Jack Teddyson.

CHAPITRE 14

Ce fut non sans une sourde appréhension que je me présentai au jour dit à l'Habitation Bois-Canon, vaste propriété plantée en canne à sucre et en banane, du béké Meynard de Queilhe. La caste blanche créole avait vu sa grandipotence menacée depuis l'abolition de l'esclavage, un siècle plus tôt. Elle avait été contrainte d'abandonner les postes politiques qu'elle détenait depuis toujours au profit de mulâtres et de nègres qu'elle s'employait, toutefois, à manœuvrer en sous-main. Tout cela n'avait fait que renforcer sa morgue, sa hautaineté aurait dit Tonton Milo dans son français vieillot, à l'endroit des gens de couleur.

— Les békés n'ont rien appris des revers de l'histoire ! répétait-il chaque fois qu'il avait un éclair de lucidité.

En fait, à ma grande surprise, Meynard ne logeait pas dans l'immense bâtisse de style louisianais à deux étages à laquelle conduisait une allée plantée en cocotiers et palmiers royaux de chaque côté. La servante noire, à l'air maussade, qui m'avait ouvert la grille d'entrée, m'avait lancé :

— *Ou kay dwet douvan'y, mé lè ou rivé bò katriyem pié-palmié a, ou ka tounen anlè lagoch-ou. Ou ké wè an kay penn an jòn an fon-an. Sé la misié yé*[1] *!*

Je ne mis guère de temps à comprendre que la famille du patriarche l'avait relégué dans un bâtiment annexe qui devait être l'économat à l'époque où la plantation était florissante. En simple tricot de peau, une pipe au bec, dépenaillé et les cheveux mal coiffés, il m'espérait dans un rocking-chair placé à l'ombre d'un manguier sans doute centenaire. Tout décati qu'il avait l'air, je ne pus m'empêcher d'avoir une bouffée de colère envers ce type dont les ancêtres avaient sérieusement élagué mon arbre généalogique en important les miens sous le plus strict anonymat depuis la côte ouest du continent africain. Bon, les esclaves ont émigré sans carte d'identité ni passeport, tu n'y peux rien ! me dis-je afin de me calmer.

— Jack Teddyson a enfin retrouvé mon fils ! s'exclama-t-il sans que je parvienne à savoir s'il faisait de l'ironie ou s'il était content.

— Tout à fait ! rétorquai-je, vaguement inquiet.

— J'ai vérifié, figurez-vous !... Il a bel et bien la fameuse tache de naissance sur l'avant-bras droit.

— Exact !

La vieille loque me remettrait-elle les quinze mille euros convenus ou bien inventerait-elle quelque prétexte alambiqué pour remettre en cause notre accord. Au moment où ce sombre présage m'en-

1. Allez droit devant vous, arrivé au quatrième palmier, tournez à gauche. Vous verrez une maison jaune tout au fond. C'est là que se trouve Monsieur !

nuageait l'esprit, une voiture de sport déboula devant l'économat et un jeune homme d'une trentaine d'années en jaillit, fort en colère.

— *Ki sa ou ka fè la ? Sa ou lé kon sa*[1] ?

Il avait une tête à claques, mais j'avais intérêt à garder mon calme en la circonstance présente. Le genre de petit béké inculte qui avait sans doute fait toute sa scolarité au Séminaire-Collège, école privée où la caste blanche créole protégeait sa progéniture de l'école publique et donc des gens de couleur, et qui avait obtenu son bac à l'arraché, s'il l'avait obtenu. De toute façon, monsieur avait sa place assurée dans la distillerie, le supermarché, le magasin d'outillage ou la concession automobile de papa !

— Pierre-Marie, t'occupe pas de ça ! lui lança Meynard d'une voix chevrotante.

— Grand-père, si ce type est avocat, je ne veux pas le voir ici. Qu'il dégage de suite !

— Je ne suis pas avocat… fis-je, un peu interloqué.

— *Man pa palé ba'w, misié-mwen ! Sé ba granpapa mwen man ka palé*[2] !

Et de tourner les talons aussi vite qu'il était venu, de rembarquer à bord de son bolide et de filer dans l'allée de palmiers royaux comme s'il était en train de participer aux 24 h du Mans. Meynard de Queilhe m'invita à m'asseoir sur une chaise en rotin, à côté de son rocking-chair. L'incident l'avait visiblement accablé.

1. Tu fais quoi là ? Qu'est-ce que tu veux ?
2. Je ne t'ai pas causé, mon gars ! Je parle à mon grand-père !

— J'ai pu rencontrer monsieur Saint-Hubert, c'est un homme très bien. Je suis fier de lui… soliloqua-t-il.

Je trouvais pour le moins curieux qu'il désignât de la sorte ce fils adultérin qu'il n'avait pas vu durant au moins quatre décennies, mais je m'abstins de faire le moindre commentaire. Tout ce que je souhaitais, c'est qu'il aboule le fric au plus vite pour que je puisse retirer mes pieds de ce lieu qui puait encore l'époque de la Case de l'Oncle Tom. Or, la vieille peau n'avait aucune enveloppe ni sacoche à portée de main. Sur la petite table qui nous faisait face, il n'y avait que deux verres en cristal, une bouteille de rhum Neisson, un pot de sucre roux et un citron vert coupé en quatre dans une coupelle. Je commençais sérieusement à me faire du mouron pour mon magot.

— Vous ne vous êtes jamais demandé pourquoi de tous mes enfants mulâtres, il est le seul que je chéris et à qui je veux léguer quelque chose ? reprit-il.

— Pas vraiment, non…

Le vieil homme s'enferma dans un mutisme inquiétant. Il avait cessé de me considérer, comme s'il se trouvait désormais seul. Dans les frondaisons des arbres majestueux qui entouraient sa propriété, des merles se disputaient sans répit.

— Eh ben, je vais vous le révéler, monsieur Teddyson… C'est parce que sa mère ne s'est jamais empressée, contrairement aux autres, de me réclamer la moindre pension et que lui, devenu adulte, n'a jamais porté le moindre intérêt à ma fortune. Sans vous et votre perspicacité, j'aurais pu mourir avant de l'avoir revu. Merci à vous en tout cas !

— Je n'ai fait que mon devoir, monsieur Meynard de Queilhe.

Un ange passa (qui n'était point blond).

— Monsieur Saint-Hubert commet cependant deux erreurs, deux graves erreurs… continua-t-il sans me regarder dans les yeux.

— Comment cela ?

— Cette… Comment dire ?… Cette jeune négresse dont il s'est entiché. Comment elle s'appelle déjà ? Adelise… Non, Francelise. Vous la connaissez ?

J'eus la tentation de mentir, mais j'avais déjà accumulé trop de péchés ce mois-ci, violé trop fréquemment les dix commandements, pour ne pas risquer ma place au purgatoire. Ma mère m'avait, en effet, prévenu au téléphone l'avant-veille :

— Raymond, je reçois des nouvelles de toi qui ne sont pas des meilleures… N'oublie pas que la porte du paradis t'est déjà fermée et bel et bien fermée ! Pour l'instant, tu peux espérer gagner le purgatoire, mais si tu continues sur cette voie, c'est l'enfer qui t'attend, mon cher !

Comme j'étais tout de même un fils aimant, je l'avais rassurée et m'étais promis de ne commettre aucune infraction aux lois divines avant le 30 du mois. Or, comme on était le 18, j'avais intérêt à être réglo avec le Père, le Fils et le Saint-Esprit ! Je pris donc avec éloquence, sinon véhémence, la défense de Francelise que je présentai comme une honnête travailleuse (ce qui du reste était parfaitement vrai) qui avait éprouvé un véritable coup de foudre pour monsieur Saint-Hubert (chose réciproque au demeurant) et qui ne lorgnait pas du tout sur son salaire de banquier ni sur le futur héritage qu'il ferait un jour de son paternel béké (ce qui était, par contre, tout-à-faitement invérifiable).

— Sinon elle fait quoi dans la vie, cette jeune dame ?

— Elle travaille à la mairie de Fort-de-France... déclarai-je, ce qui n'était pas un mensonge puisque à la date où Saint-Hubert s'était statufié devant son phénoménal postérieur, juste en face de chez moi, Francelise exerçait la profession de balayeuse à l'école primaire de Dillon.

Meynard de Queilhe avait quatre-vingt-dix ans passés et Radio-bois-patate assurait qu'il avait enfanté, toujours d'amantes négresses, mulâtresses, chabines ou indiennes, jusqu'à ce qu'il devienne octogénaire. Il avait du tempérament, le bougre !

— Un petit punch, mon cher Teddyson ?

— Non, je vous remercie... jamais le matin.

— Et puis, il y a cette affaire de politique... recommença à soliloquer le béké, le regard perdu dans le vide.

— Là encore, je donne ma langue au chat.

Meynard se redressa brusquement. Se servit un deuxième verre de rhum.

— Vous m'avez l'air bien peu informé pour un détective privé, monsieur Jack Teddyson !

Et de m'apprendre que le sieur Saint-Hubert désirait se présenter aux élections législatives de l'an prochain. J'en demeurai ababa* ! Complètement ababa. Tout comme feu Sésostris Ferdinand alors !

— Je sais bien que Jacques-André Salbert a déjà accompli deux mandats et que ça fait peut-être beaucoup, mais c'est un homme efficace, continua

Meynard. Il défend bec et ongles, et avec talent s'il vous plaît, notre rhum et notre banane à l'Assemblée nationale. Sans lui, il y a belle lurette que l'octroi de mer*, par exemple, aurait été supprimé !

Meynard fut alors pris d'une quinte de toux si forte qu'elle alerta une servante négresse qui officiait dans un petit bâtiment proche. Elle accourut avec une fiole et une cuiller, me lançant un regard haineux.

— Faut prendre votre sirop, maître Meynard… le supplia-t-elle presque.

J'eus exactement la même trouille que trois ans plus tôt lorsque au moment de me coucher sur son testament, Tonton Milo avait failli étouffer de rire. Heureusement l'ange Gabriel, le préféré de ma marraine, vint au secours du pauvre détective complètement fauché et embourbé dans une enquête à tiroirs que j'étais. En effet, le béké chenu, soudain ragaillardi, s'écria :

— *Finot, fouté mwen lapé, man ja di'w ! Sòti douvan mwen, ou tann*[1] *!*

Comme dans le Mississipi à la belle époque, la servante grommela un « oui, missié » dégoulinant de servilité et, non sans m'avoir une nouvelle fois assassiné du regard, retira ses pieds sans demander son reste. Meynard ôta avec difficulté un mouchoir de sa poche de derrière et s'essuya le front qui ruisselait de sueur. C'est vrai qu'il faisait sacrément chaud.

— Aidez-moi, me demanda le descendant d'esclavagiste en tentant de se lever de son rocking-chair.

1. Finotte, fous-moi la paix, tu m'entends ! Allez, file !

Nous entrâmes dans l'économat, un bâtiment en bois parfaitement conçu pour éviter que l'on n'y étouffe, pas comme les villas en béton des bourgeois de couleur, à commencer par celle de feu Sésostris Ferdinand. L'intérieur baignait dans une légère pénombre reposante pour les yeux. Des meubles créoles anciens y étaient disposés de manière sobre. Sur les murs étaient accrochés une série de portraits et de photos de la lignée du maître de l'Habitation Bois-Canon. Celle-ci remontait à 1678, c'est-à-dire aux premiers temps de la colonisation des « Isles de l'Amérique ».

— Nous sommes originaires de Vendée, me fit-il, voyant que j'examinais discrètement la tronche de ses ancêtres… Bien, mon cher Jack Teddyson, voici donc le moment arrivé. J'ai votre argent ! Seulement, j'ai encore besoin de vos services…

— Cela dépendra de…

— Tttt ! Pas de chichis avec moi, mon vieux ! Votre prix sera le mien. Mes abrutis d'enfants et de petits-enfants ont eu beau me reléguer dans cette baraque, ils n'ont pas, pour l'instant, réussi à mettre la main sur mes biens et mes comptes en banque.

En fait, les héritiers de Meynard de Queilhe étaient tout simplement furieux qu'il ait décidé et de reconnaître Saint-Hubert, ce rejeton à la fois adultérin et né des entrailles d'une négresse, et qu'il s'entêtât à le gratifier d'un bout de terrain. Alors, ils cherchaient par tous les moyens à le faire passer pour sénile de façon à le placer sous tutelle. La leur naturellement ! Et le plus déterminé n'était autre que Pierre-Marie, le jeune énergumène qui m'avait agressé verbalement quelques instants auparavant comme si j'étais son palefrenier.

— Pourtant, je lui ai fait don de BRICOLAGE CARAÏBES, vous savez, ce magasin de la Zone des Mangles qui marche très fort. Sans compter qu'à ma mort, il héritera de pas moins d'une trentaine d'hectares plantés en banane à Morne Pitault, avait grommelé Meynard lorsque le petit con fut parti.

Il ouvrit à l'aide d'un trousseau de clés une commode de style barbadien et, d'un tiroir à double fond, sortit une enveloppe enfouie dans un sachet en plastique.

— Voici vos émoluments, cher monsieur ! Vérifiez donc, je vous en prie.

Je déclinai sa proposition. Même s'il n'y avait pas la totalité de la somme promise, au vu de l'épaisseur de l'enveloppe, elle devait contenir un sacré paquet de thunes. C'était la toute première fois, en douze années d'exercice, qu'un client me payait à la date prévue et sans rechigner, en plus ! Je repensai à tout ce que je pourrais désormais en faire : ravaler la maison de feu Tonton Milo, m'acheter une automobile présentable, rembourser mes dettes chez le boutiquier chinois des Terres-Sainvilles, faire pour une fois un vrai cadeau à ma bien-aimée génitrice le jour de la fête des mères (jusque-là, je n'avais pu lui acheter que des bouquets de géraniums à deux francs quatre sous) et surtout envisager l'avenir avec Veronica del Monte, ma Veronica. Mais là, je tiquai : me voyais-je vraiment l'accompagner dans sa ville de Santiago, en République dominicaine, et me transformer en négociant en tissu ? J'eus soudain très soif, mais je m'abstins au dernier moment d'en faire part à Meynard pour lui demander un verre d'eau, comme si j'avais craint d'abuser de ses largesses.

— Je vous raccompagne, monsieur Teddyson, me fit l'« ange dépeigné » (Saint-John Perse), comme revigoré.

Il lui fallait un bon avocat qui puisse lui permettre d'accélérer la procédure de reconnaissance en paternité de Saint-Hubert. Ses petits-enfants avaient circonvenu tous les hommes de robe du barreau de Fort-de-France, lesquels ne répondaient ni à ses appels téléphoniques, ni à ses lettres.

— Recrutez-m'en un en Guadeloupe ! déclara-t-il avec ce ton injonctif si caractéristique des Blancs créoles.

Dehors, le soleil s'était déplacé et le manguier à l'en bas duquel se trouvait son rocking-chair ne dispensait plus d'ombre. Meynard observa longuement ma vieille 4L et sourit, mais ne s'autorisa aucun commentaire.

— Bon… Après tout, si Saint-Hubert s'est entiché de cette… cette Francelise, pourquoi pas ? J'ai bien aimé sa mère, moi, et elle ne savait ni lire ni écrire… Ce qui me préoccupe le plus, ce sont ses ambitions politiques. J'aimerais qu'il abandonne cette idée de remplacer le député Salbert. Ce dernier, je ne vous apprends rien, je suppose, est un requin. Jamais il n'acceptera de se faire évincer !

Je réalisais seulement maintenant que, plus important que le pactole que je venais de recevoir, était cette information que personne, même pas Francelise, la cachottière, ne m'avait donnée.

Sans doute se voyait-elle déjà en épouse de parlementaire, hon ! Il y avait donc eu Sésostris Ferdinand qui lorgnait sur le siège de Salbert au palais Bourbon et, désormais, ce cher Saint-Hubert, cadre bancaire de haut vol, qui arborerait bientôt le noble patronyme de Meynard de Queilhe. Nouvelle piste donc…

— Je ferai de mon mieux, déclarai-je au vieillard qui, logiquement, ne prit pas la main que je lui tendis par étourderie…

CHAPITRE 15

La veuve Sésostris était dans tous ses états. Furax, quoi ! Elle avait débarqué au petit matin, vêtue de façon aussi criminelle qu'à son habitude, et avait tambouriné à ma porte, chose qui avait énervé Béhanzin, le vendeur d'eau de coco, qui installait sa charrette au coin de la rue.

— Il n'est pas sourd, M. Teddyson, tout de même !

— Je t'ai pas causé, toi ! le rembarra la presque quinquagénaire. *Ou ka wè an moun kon mwen sé pé pwan men épi'w*[1] *?*

— *Ga sa ! Sa ou konpwan ou yé, ti madanm*[2] *?*

J'ouvris ma porte à temps pour éviter une bagarre matutinale entre le digne représentant du lumpenprolétariat et l'égérie de la petite bourgeoisie. Cette dernière se rua à l'intérieur et, sans salutations, me remonta sérieusement les bretelles (encore que je n'en aie jamais porté de ma vie) :

— Je ne vous paie pas pour enquêter sur moi !

1. Tu vois quelqu'un comme moi s'adresser à toi ?
2. Écoutez ! Vous vous prenez pour qui ma p'tite dame ?

De quel droit vous vous permettez de fouiner dans ma vie ?

— Je ne vous suis pas, chère madame…

— Arrêtez votre cinéma, OK ! J'ai appris que vous ne cessez de poser des questions à mon sujet. Dites que c'est moi qui ai liquidé mon mari pendant que vous y êtes ! Allez, dites-le !

Elle se dirigea d'autorité vers ma machine à café, jeta le filtre usagé, en mit un neuf qu'elle remplit à moitié et chercha une bouteille d'eau du regard. Je courus, idiotement, à la cuisine pour lui en ramener une. J'étais dans mes petits souliers car le temps qui m'avait été imparti s'achevait, j'avais bouffé les deux mille cinq cents euros de la dame et voici que je me trouvais dans l'incapacité de porter une réponse à son interrogation. Sauf à l'accuser, elle, d'être l'auteur du meurtre ! J'étais coincé et il fallait que j'y aille au culot sous peine de couler corps et bien.

— Vous m'avez caché beaucoup de choses, madame. On ne peut pas dire que vous avez joué franc-jeu avec moi, fis-je d'un ton soigneusement indigné.

Elle se servit une tasse de café et s'assit à ma place. Dans mon beau fauteuil en cuir ! Ses cuisses étaient une véritable incitation à la débauche.

— Comme quoi par exemple ? rétorqua-t-elle, très détachée.

— Vous saviez parfaitement que votre mari était patron de borlette ! Vous n'ignoriez pas sa relation avec cette pute dominicaine, Isabella Hernandez Rincon ! Vous étiez au courant de son souhait de remplacer le député Salbert aux législatives de l'an prochain ! Je continue ?

— Non, ça va !... Je vois que vous êtes un détective consciencieux. Très consciencieux même.

— Mieux que ça, madame, fis-je pour lui porter l'estocade, je sais que vous hantiez les bars des Terres-Sainvilles la nuit et que le mac d'Isabela, le sieur Don Felipe, est une vieille connaissance à vous. Arrêtez-moi si je raconte des bobards !

La veuve Sésostris se dérida soudain. Elle avait une dentition à mettre au chômage la moitié des manieurs de fraise de la Martinique. À l'entendre, son mari était un tyran domestique et méritait bien que de temps à autre, lorsqu'il était en voyage en France ou ailleurs, elle l'encornaille.

— *Kout kouto an dlo pa ka fè mal*[1], plaisanta-t-elle. Don Felipe a les moyens de ses ambitions, vous avez vu ses pectoraux ? Rien à voir avec un bâton-lélé* tel que vous. Ha-ha-ha !

Non, mais elle me cherchait la veuve Sésostris ou quoi ? Elle voulait que je lui colle une baffe ? Ou alors que je lui saute dessus et la nique ? J'allais pas lui permettre de continuer à écornifler mon orgueil masculin, merde ! Au moment où je m'apprêtais à prendre une résolution et donc à lui faire sa fête, elle me cassa les bras.

— Tenez, encore mille cinq cents euros, monsieur Jack Teddyson ! Je vous prolonge d'un mois. Après ça, vous ne continuerez pas à prétendre que je n'aimais pas mon mari, hein ? Seulement, je veux que vous évitiez de perdre du temps et de me faire perdre le mien par la même occasion.

1. Donner des coups de couteau dans de l'eau ne cause aucun mal.

Je ne voyais pas où elle voulait en venir.

— N'allez pas imaginer que je veux faire votre boulot à votre place, mais je crois qu'il faut abandonner la piste des Syriens et des tournois de poker clandestins. C'est vrai que Sésostris et Salbert devaient des sommes importantes à Mounir Abdallah et à deux autres commerçants de la rue François-Arago, mais j'ai appris que Salbert avait payé, finalement.

— Quand ça ?

— Il l'a fait deux mois avant l'assassinat de mon mari. En vidant notre villa du Vauclin, j'ai retrouvé ça...

Il s'agissait d'une reconnaissance de dette manuscrite envers le propriétaire de « L'Étoile de Damas » au nom de Sésostris Ferdinand sur laquelle un grand X au feutre noir avait été apposé et, tout en bas du document, on pouvait lire « payé le... » (la date était illisible) avec une signature compliquée de laquelle émergeaient les lettres J, A et S. Jacques-André Salbert, le député gaulliste !

— Je suppose que Salbert a payé et sa dette à lui et celle de Sésostris... Ces deux couillons-là avaient l'habitude de se faire plumer au poker. Avec les Syriens, ils n'avaient aucune chance... fit Irmine, amère.

— Payé, mais avec quel argent ?

— Teddyson, la Fédération gaulliste de la Martinique a de gros moyens, vous le savez bien. Il n'y a pas que les cotisations des adhérents. Les békés donnent aussi leur quote-part qui est ô combien substantielle. Et puis elle reçoit aussi des subsides du siège parisien. Tout ça mis ensemble, ça fait de l'argent...

Je me servis une tasse de café froid. J'avais plus que jamais l'impression que la veuve Sésostris me menait en bateau. Mais dans quel but ? Impossible de le savoir. Elle énonça une remarque acerbe à propos de mon ordinateur qui était aussi « antédiluvien » que ma 4L Renault. Les disquettes qui s'empilaient sur mon bureau démontraient que j'étais dépassé. Désormais, on utilisait des clés USB ! J'acceptai cette leçon de modernité sans broncher. Les mille cinq cents euros qu'elle s'apprêtait à me refiler ne me feraient pas oublier que Veronica del Monte s'était enfuie à Saint-Domingue avec mon magot, mais au moins me permettraient-ils de tenir la brise quelques semaines.

— Et la piste haïtienne, faut laisser tomber aussi, continua-t-elle de son ton autoritaire d'ancien prof de sciences naturelles. La borlette brasse beaucoup moins d'argent que vous ne le pensez, en Martinique en tout cas, et y a pas de quoi zigouiller quelqu'un pour ça. Je sais que les banquiers de borlette haïtiens de Trénelle et des Terres-Sainvilles haïssaient Sésostris parce que pour eux, un Martiniquais n'a pas le droit d'empiéter sur le domaine réservé des Haïtiens. Bon, oui, je savais que mon mari trempait là-dedans… Je vous ai menti… Mais bof ! C'était un jeu comme un autre, une simple distraction, pour un homme qui, je vous le rappelle, travaillait douze heures par jour. Entre MADININA-CONSTRUCTIONS, son élevage de bœufs au Vauclin, la Fédération gaulliste et des tas d'autres activités, Sésostris n'avait pas beaucoup de temps pour lui, vous savez.

Tant d'éloquence ne m'émut point.

— Il en avait pour la demoiselle Isabela Hernandez Rincon apparemment…

— Mon cher Teddyson, vous faites fausse route. Elle a sans doute réussi à émoustiller les sens de mon défunt mari qui, je dois l'avouer, avait quelques difficultés d'érection ces dernières années à cause du surmenage, mais de là à l'épouser, il y a un pas qu'à votre place je ne franchirais pas. Puisque vous avez l'air d'être au mieux avec Don Felipe, allez le visiter à la prison de Ducos ! Il vous dira que la plupart des mâles martiniquais promettent monts et merveilles à leur pute dominicaine préférée, à commencer par le mariage, mais c'est du baratin. Mon Sésostris n'a pas été le premier et il ne sera pas le dernier !… Ces femmes-là ont besoin de rêver un peu pour pouvoir supporter leur condition et une promesse de ce type est sans doute ce qu'il y a de plus indiqué. Mais cela ne signifie pas du tout que Sésostris ait voulu l'enlever du trottoir et la conduire à l'autel nuptial. Don Felipe n'a jamais craint de perdre l'une de ses meilleures, sinon sa meilleure gagneuse.

Je grimaçai. La veuve Sésostris était carrément en train d'empiéter sur mes plates-bandes. C'était moi le détective, foutredieu ! Si elle avait le nez si fin, pourquoi n'allait-elle pas au commissariat dénoncer le coupable ? Pourquoi n'avoir rien dit de tout ça à l'inspecteur Maxence lors de l'enquête huit mois plus tôt ? Et pourquoi me filer tout ce fric pour découvrir la vérité alors qu'elle semblait la connaître parfaitement ? L'horloge murale sonna la demie de neuf heures. Je me rendis compte qu'Irmine était en train de me faire la leçon depuis au moins deux bonnes heures. Heureusement, elle dut saisir mon agacement, car elle ôta de son sac une liasse de billets de cent euros qu'elle me tendit.

— La piste mac dominicain est donc à laisser de côté également, monsieur Teddyson. Sans compter que depuis la disparition d'Isabela, Don Felipe, tout en prison qu'il soit, a fait venir deux jeunes et sublimes beautés hispaniques qui, semble-t-il, lui rapportent davantage qu'elle. Comme quoi nul n'est irremplaçable, mon cher !

CHAPITRE 16

Quoique cela égratignât mon honneur, je me devais de reconnaître que la veuve Sésostris, tout en m'ayant par deux fois commandé une enquête sur l'assassinat de son mari, non seulement en savait bien davantage que moi, mais semblait conduire les opérations. Ou plus exactement semblait vouloir me diriger, de manière insidieuse, vers le coupable qu'elle avait en tête, lequel n'était autre que Saint-Hubert et cela sans jamais prononcer son nom une seule fois. Fortiche ma Tina Turner ! Mais je ne voyais pas très bien pourquoi elle en voudrait au cadre bancaire, à moins qu'elle n'ait été au courant de ses velléités électorales. Du coup, tout s'éclairait : Sésostris et Saint-Hubert étaient deux prétendants au poste de parlementaire de Jacques-André Salbert et peut-être qu'Irmine se voyait déjà arpenter les lambris dorés du Palais-Bourbon. En faisant trucider Sésostris, le rejeton adultérin de Meynard de Queilhe devenait de facto le successeur potentiel de Salbert, pulvérisant du même coup les rêves de madame. Clair comme de l'eau de roche ! Sauf qu'il restait à prouver que c'était le mulâtre qui avait fait le coup et là, ce ne serait pas une partie de plaisir. Je décidai donc de le prendre en filature plusieurs soirs de suite. J'enfilai mon habituel bleu de travail qui m'aidait à passer pour un mécanicien et m'enfonçai une casquette jusqu'aux yeux. Ma 4L étant trop voyante, je louai une 205 à peu près neuve et me mis à l'épier à la fermeture de la Banque internationale des Caraïbes à dix-sept heures.

Comme j'aurais dû m'y attendre, Saint-Hubert n'en sortait qu'une bonne heure après avec de gros dossiers sous le bras. Un soir, je le vis converser quelques minutes avec le vigile, monter dans sa Mercedes climatisée aux vitres teintées et mettre encore une bonne vingtaine de minutes avant de démarrer. J'en déduisis qu'il avait dû passer des coups de fil. La nuit finit par tomber car on était en hivernage et il s'engagea à vitesse réduite sur le boulevard de la Levée, se dirigeant vers la Croix-Mission. La circulation était fluide, Fort-de-France devenant une ville morte à partir de dix-huit heures. Je fus obligé de le suivre à bonne distance, taraudé par la peur qu'il ne bifurque brusquement à un coin de rue et qu'il mette les gaz. Ma 205 n'était pas de taille à garder le contact avec une Merco. Mais, à ma grande surprise, il ralentit aux abords du cimetière des riches, longea le Parc floral et stationna non loin de son entrée. Il n'y avait pourtant aucun spectacle prévu ce soir-là, à ma connaissance en tout cas. Il demeura dans son véhicule un quart d'heure à nouveau, puis en descendit avec un bouquet de fleurs. De plus en plus étrange ! Je m'étais garé, pour ma part, sur le petit terre-plein de la Croix-Mission où trônait (ce qui est un bien grand mot) un buste riquiqui de Gandhi presque entièrement maculé de fiente de pigeons et de merles. Saint-Hubert pénétra dans le cimetière des riches d'un pas pressé. J'avais peine à croire qu'un parent à lui puisse être enterré dans un tel lieu. S'il s'agissait de sa mère, il était plus vraisemblable qu'elle reposât dans sa commune natale ou, au mieux, au cimetière des pauvres situé au pied du Morne L'Ermitage, de l'autre côté du canal Levassor. Je me faufilai parmi les tombes monumentales, dernière demeure de familles békées ou de riches mulâtres. Un petit vent de terre se leva et se mit à siffler dans les allées plongées dans l'obscurité qui n'était trouée que par de rares lampes à huile posées à l'intérieur des caveaux. L'endroit était complètement désert et je ne pus m'empêcher de frissonner. Je n'avais jamais aimé les cimetières, sauf le jour de l'enterrement de Tonton Milo, quand j'avais loué un costume-cravate noir chez un Syrien afin de faire bonne figure parmi ma parentèle. Ma mère, dont le pince-sans-rire était le frère aîné, mon père et nombre de tantes, tontons et cousins se pressaient derrière le cercueil, la mine défaite. Je m'étais composé un visage de chômeur en fin de droits pour donner un minimum de crédibilité à la douleur qui m'étreignait, moi dont la famille savait que j'étais le seul à avoir visité le défunt, à l'hospice Ventura, au cours des deux dernières années.

— J'espère que ton assiduité sera récompensée…, m'avait lancé aigrement ma tendre mère juste au moment où les corbeaux* s'apprêtaient à faire descendre le cercueil dans le caveau.

Elle avait raison, la vieille, car je ne me pointais

chez elle que tous les trente-six du mois, mon père m'ayant exclu de son héritage tant que je ne passerais pas le concours d'avocat.

— On peut prendre la robe à tout âge ! m'avait-il asséné. C'est comme pour les curés…

Ce soir-là – celui au cours duquel je filais Saint-Hubert –, je passai d'ailleurs à côté du caveau de Tonton Milo. Une structure semi-pharaonique du plus mauvais goût où je faisais mettre régulièrement des cierges, selon l'une de ses dernières volontés, et il en eut beaucoup, l'enfoiré. Comme de m'avoir fait jurer, sur son lit de mort, que je me marierais dans l'année « car un homme célibataire n'est qu'un chien libre, mon petit Raymond ». Je lui avais fait toutes les promesses qu'il souhaitait entendre, sachant qu'une fois dans l'au-delà, il n'aurait plus aucun moyen de me briser les roubignolles. Évanoui le temps où la civilisation créole brillait de mille feux et où l'on croyait dur comme fer que les défunts insatisfaits avaient le pouvoir de venir vous tirer les pieds durant la nuit. Heureusement que je m'étais arrêté devant sa tombe pour lui faire causette car Saint-Hubert se retourna brusquement et m'observa un long moment.

— Tu vas bien Tonton ? Le rhum te manque pas trop ? lançai-je avec la voix d'un bougre qui n'avait pas toute sa tête.

Et de m'agripper à la grille du caveau tout en continuant mon cinéma et faisant mine de ne m'être pas rendu compte qu'il y avait quelqu'un d'autre au bout de l'allée. Du coin de l'œil, je vis Saint-Hubert hausser les épaules. Il avait dû me prendre pour un de ces débiellés* qui foisonnaient dans l'En-Ville depuis que le crack y faisait des ravages. Pour faire plus vrai, je finis par m'agenouiller sur le sol qu'une rousinée de pluie avait détrempé et entamai un *Pater Noster* entrelardé de faux sanglots. Le banquier, après avoir médité quelques instants devant la tombe qui lui faisait face, y déposa sa gerbe de fleurs. Puis, il se hâta de partir et, passant à mon niveau, me jeta un regard mi-craintif mi-hargneux avant de maugréer :

— Foutu pays !

Dès qu'il disparut, je me ruai vers la tombe qu'il venait de fleurir et y lus, non sans stupéfaction :

FAMILLE MEYNARD DE QUEILHE

Malheureusement, le temps que je ressorte du cimetière des riches, le doudou-chéri de Francelise avait déjà démarré et s'était perdu dans la nuit. Mais je n'en revenais pas ! Pourquoi cet usurpateur d'Henri Saint-Hubert, lequel s'était fait passer pour Lionel Saint-Hubert, le vrai rejeton du vieux béké, rejeton toujours introuvable soit dit en passant, était-il allé rendre hommage aux défunts de la famille Meynard de Queilhe ? Pourquoi ce bouquet de fleurs en plastique ? Humour noir ? Pied de nez à une famille de fumiers d'esclavagistes ? Ou alors rituel magique imposé par quelque quimboiseur ? Je penchais pour cette dernière explication puisque dans la mythologie créole, l'argent mal acquis appartient, ou en tout cas revient, toujours au diable. Un cadre bancaire de haut vol, pétri de rationalité tel que Saint-Hubert croyait-il à ce genre de billevesée ? J'avais quand même quelque peine à le croire. Mon cher Tonton Milo philosophait la chose de la sorte :

— Le nègre de ce pays a vécu trois âges différents : celui de la barbarie esclavagiste, celui pendant lequel il s'est reconstruit, réhumanisé en inventant la langue et la culture créoles et celui que, hélas, nous subissons présentement : l'âge de la décréolisation, c'est-à-dire de la néo-barbarie.

Il avait raison le vieux schnoque, au tournant des années soixante-dix du siècle dernier, quand les ronds-points se mirent à remplacer les carrefours (ou « quatre-chemins » en créole), les zombis, diables volants, soukougnans et autres chevaux-à-trois-pattes en furent complètement désorientés vu que c'était en ces endroits-là qu'ils se livraient à leurs sorcelleries. L'électrification totale du pays, quant à elle, a fait se volatiliser les cercueils qui vous barraient la route durant la nuit, les hommes métamorphosés en chien, les gnomes comme Ti Sapotille ou la célébrissime Diablesse aux yeux verts qui vous aguichait pour vous inciter à la suivre à l'en haut d'un morne d'où elle vous projetait dans le vide. Et dans la vie quotidienne, en plein jour, on ne disait plus bonjour à celui qu'on croisait, on stationnait son véhicule en pleine rue pour causer avec un passant et, dans les commerces, c'était au client de dire merci au moment de régler son achat. Décréolisation équivalait à décivilisation, quoi ! Bon, il y avait encore des attardés ou des nostalgiques comme Justina, la maîtresse du député Salbert, qui continuait à se mettre des culottes noires en guise de protection contre les incubes avant d'aller dormir, mais ils se comptaient désormais sur les doigts de la main.

Donc, un gars tel que Saint-Hubert, élevé en France de surcroît, ne pouvait logiquement en faire partie !

Je m'en ouvris à l'inspecteur Maxence qui ne trouva pas, lui non plus, d'explication plausible au geste du banquier.

— Et si Francelise t'avait menti ? finit-il par me dire après un bon moment de réflexion.

— Quoi ?

— As-tu la moindre preuve que les photocopies des papiers d'identité de Saint-Hubert qu'elle t'a remises soient exactes ? Tu sais, de nos jours, on peut facilement trafiquer ce genre de choses. À l'œil nu, un faux passeport est souvent indifférenciable d'un vrai...

— Francelise aurait donc remplacé Lionel par Henri ?

— Pourquoi pas ?

Je fus pris d'un doute profond. Je songeai à cette phrase de Césaire : « calme comme la face d'une femme qui ment ». Irmine Ferdinand m'avait largement mené en bateau et cela, durant des mois. Veronica del Monte avait joué à l'amoureuse transie avant d'embarquer le pognon que Meynard de Queilhe m'avait filé. Justina avait simulé un cambriolage à son domicile de Renéville. Fermez le ban !

— Et ton bras, ça va ? reprit Maxo.

— Oh, ils doivent m'enlever le plâtre ce jeudi... J'ai encore une désagréable sensation de fourmillement, mais rien de grave...

— Tu as une idée des types qui t'ont fait ça ?

— Aucune ! S'agissait-il des mêmes qui ont canardé ma bagnole ? Je ne sais pas.

Le policier avait son explication. Selon lui, Sésostris et Isabela avaient été la cible de deux agresseurs différents. Jusque-là, nous nous étions focalisés sur un seul et unique coupable, mais nous faisions fausse route. Ceux qui m'avaient mitraillé étaient probablement les joueurs de poker syriens auxquels l'entrepreneur et le député Salbert devaient de l'argent. Que ce dernier les ait remboursés peu avant l'assassinat du premier, comme l'affirmait Irmine, relevait, de l'avis de Maxo, d'un énième bobard. Les Levantins, dont certains étaient au mieux avec les putes dominicaines et auprès desquels Isabela Hernandez Rincon monnayait probablement ses charmes, avaient dû zigouiller l'entrepreneur en maquillant la scène de crime en rituel vaudou.

— Ce jour-là, Sésostris avait dû rendre sa petite visite hebdomadaire à Isabela… conclut-il.

— Ils en ont donc profité pour la liquider aussi ?

— Je ne pense pas… Si tu as bien lu le rapport d'enquête que Clerveaux a finalement diligenté la semaine dernière, les coups qui lui ont été portés sont postérieurs d'une bonne dizaine d'heures à ceux reçus par Sésostris. Curieux, non ?… Bon, sur le moment, ça n'a pas retenu notre attention, j'avoue…

— Et la suite du scénario, ce serait quoi ? fis-je, un brin ironique.

L'inspecteur Maxence ne prit pas la mouche. Il était en congé et s'apprêtait à naviguer quelques jours en mer, du côté des Saintes, avec sa mystérieuse amante. Je devinais qu'en bon professionnel, il était en train de regretter que l'enquête ait été bâclée par la police. Il est vrai que le commissaire Clerveaux était pressé de classer à nouveau l'affaire !

— La suite ? Eh bien... Une fois les assassins partis, Isabela s'est retrouvée seule et a dû s'affoler. Le fait qu'ils aient castré Sésostris, c'était pour lui faire porter le chapeau à elle. Vengeance féminine ! Sésostris lui avait promis le mariage, puis il s'était défilé. Du coup, elle avait décidé de le priver à jamais de ses attributs masculins. Logique !

Isabela était donc restée enfermée dans sa chambrette aux côtés du cadavre de Sésostris, désemparée, tétanisée probablement, et ne la voyant pas se pointer sur son bout de trottoir à vingt heures, son mac, Don Felipe, avait dû se radiner chez elle. Découvrant le désastre, il avait alors tabassé la pute à mort pour faire croire à une altercation entre les deux tourtereaux, puis l'avait abandonnée à des gars à lui, lesquels l'avaient (ultime sursaut d'humanité ?) larguée sur le terre-plein de l'hôpital de La Meynard.

— Don Felipe a parlé ? demandai-je.

— Tu penses ! Le pire c'est qu'il ne se sent pas mal du tout en taule. Monsieur est déjà devenu chef de clan à ce qu'il semble. Tous les détenus étrangers, trafiquants colombiens, dealers saint-luciens, maquereaux dominicains comme lui, se sont mis sous ses ordres. Et même les voyous martiniquais ! Il leur enseigne des rudiments de base-ball pendant la promenade quotidienne !

Les types qui m'avaient enlevé, ce fameux jour où j'avais rendez-vous avec Veronica del Monte sur le quai de la jetée, faisaient probablement partie de sa bande car depuis son incarcération, la police avait enquêté sur le bonhomme. Il n'était pas le simple mac qu'elle s'imaginait. Certes, il organisait le trafic des filles entre la Dominicanie et la Martinique, mais son principal job était le trafic de cocaïne en collaboration avec un gang de Martinico-Saint-Luciens.

— Aussi comique que ça en a l'air, mon cher Jack, la traite des brunes n'était qu'une couverture pour notre armoire à glace. Eh bien oui ! En fait, ces dames ramenaient ici de la coke de Colombie qui avait d'abord transité par la Dominicanie. Une partie était transformée en crack pour nos drogués martiniquais, l'autre partie, la plus importante, était acheminée sur Paris.

— On est en plein roman d'espionnage là ? ricanai-je.

— Pas du tout ! Les douaniers ont arrêté coup sur coup deux mules qui leur ont tout déballé.

Conclusion : ni les joueurs de poker syriens ni Don Felipe et sa bande n'avaient intérêt à ce que l'affaire Sésostris Ferdinand fût rouverte. Et le petit merdeux, en l'occurrence Jack Teddyson, qui avait cru bon d'accepter la difficile mission de reprendre l'enquête de zéro, méritait, quel que fût son commanditaire, d'aller bouffer du pissenlit par la racine.

— Une question tout de même ? fis-je.

— Oui ?

— Peut-on penser que les Syriens et Don Felipe étaient de mèche ?

— À mon avis, non ! Sinon les Syriens auraient flingué Isabela en même temps que Sésostris, ce qui n'est pas le cas… Et puis, le canardage de ta bagnole et ton enlèvement ne relèvent visiblement pas des mêmes personnes. Enfin, c'est ce que je crois... Bon, tout ça reste à prouver évidemment. Je te signale que pour nous, cette affaire est définitivement close.

— Et si tu en touchais deux mots au commissaire Clerveaux ?

— Tu veux rire ? Il a fait examiner Isabela à l'hôpital, c'est tout... En ce moment sa principale préoccupation, c'est de mettre un visage sur le nègre ou le mulâtre qui se permet de sauter son Héloïse, sa blanche et pure jeune fille... Ha-ha-ha !

Maxo me conseilla charitablement de cesser de filer Saint-Hubert. Je perdais tout bonnement mon temps. Le cadre de la Banque internationale des Caraïbes n'était ni un escroc, car il n'aurait pas fleuri la tombe des Meynard de Queilhe, ni un assassin, car monsieur ne fréquentait que les salons de la haute bourgeoisie. Les Terres-Sainvilles, les putes dominicaines, la borlette, le trafic de drogue et tout ça, c'était pas du tout son rayon...

CHAPITRE 17

Comment avais-je pu me montrer idiot au point de faire confiance à Veronica del Monte et d'entreposer chez elle les quinze mille euros dont m'avait gratifié le vieux béké ? Il est vrai que ma maison du Bas-Calvaire n'était pas fiable. D'un simple coup d'épaule, n'importe quel quidam un tant soit peu baraqué aurait fait sauter le verrou de la porte d'entrée. En plus, j'avais déjà été visité trois ou quatre fois par des petites frappes du quartier, lesquelles, sans doute furax de n'avoir rien trouvé à me chouraver, s'était amusées à renverser mes livres (quatre étagères tout de même), l'une d'elles s'étant même complu à déféquer au beau mitan de ce qui me tenait lieu de salon. Pas question non plus d'aller déposer la somme sur mon compte en banque : elle aurait été immédiatement déglutie par le découvert sidéral que mon responsable de compte m'enjoignait régulièrement, mais sans succès, de combler et le prêt de ma voiture que j'avais cessé de rembourser après la quatrième traite… Bon, j'aurais pu la confier à l'inspecteur Maxence mais je craignais qu'il ne finisse, à l'instar de ses collègues, par s'imaginer qu'un détective privé se faisait un max de pognon et qu'il ne décide d'arrêter de me filer des tuyaux. Tout ça pour dire que Jack Teddyson était coincé ! Je n'avais d'autre solution que de planquer mon magot chez ma *novia* dominicaine. Ce que je fis. Comme un con !

Elle m'avait pourtant accueilli avec une bonne nouvelle. Une nouvelle inespérée même. Les trois numéros de borlette dont elle avait rêvé et qu'elle m'avait si gentiment fournis le jour où nous étions allés voir Ti Jérôme, l'Haïtien qui résidait à l'en haut de Trénelle, étaient sortis ! Ben oui, quoi ! Le tirage venait de tomber et nous récupérerions notre gain en fin de journée. Un peu incrédule tout de même, vu que la chance et moi, ça avait toujours fait deux, je lui en demandai le montant.

— Secret, mon cher Jack ! En tout cas, c'est une somme importante. Tu auras une grosse surprise…

— On… On partage donc ? fis-je, un peu embarrassé.

— Non, il n'en est pas question. Je t'ai donné ces numéros par amour, parce que tu es l'homme de ma vie. Tu me ramènes en République dominicaine et on ouvre ce commerce de tissu dont j'ai toujours rêvé. Mais avant ça, tu m'épouses, OK ? Je veux rentrer au pays la bague au doigt car ma famille croit que je suis employée dans un grand hôtel.

C'était là le bobard favori que les putes hispaniques servaient à leur parentèle chaque fois qu'il leur arrivait de rentrer au pays, le plus souvent à Noël, les bras chargés de cadeaux.

— Au fait, je ne te l'ai pas dit mais… j'ai deux enfants là-bas, hésita-t-elle. Je les ai eus très jeune, à seize et dix-sept ans. C'est ma mère qui les élève ! Ils ne nous embêteront pas car elle vit à la capitale. À Santiago, il n'y aura que toi et moi, *amor de mi vida* !

Je n'accusai pas le coup mais fis semblant. Je n'avais aucune intention de suivre Veronica dans son délire matrimonialo-commercial. Mais là où j'avais vraiment déconné, c'est que la veille au matin, je lui avais triomphalement annoncé qu'enfin, Meynard de Queilhe me filerait mon dû. J'aurais pas dû, tonnerre de Brest !

— On est d'accord ? me susurra-t-elle, chattemitesse à souhait.

— On verra…

— T'es doublement riche maintenant si je comprends bien !

— Oh, avec quinze mille euros en Martinique, on tient quoi ?… Étant donné toutes mes dettes et les charges que j'ai à payer, je tiendrai six mois… Pas plus !

Veronica del Monte éclata de rire. Son incroyable beauté me surprit à nouveau. Les Dominicaines sont le résultat d'un miracle génétique : reste de sang amérindien, sang hispano-mauresque et sang africain. Je faillis à cet instant-là tomber amoureux pour la toute première fois de mon existence de quadragénaire, mais je me retins au bord du gouffre à l'ultime seconde.

— À Santiago, ça permet de subsister pendant trois ans et encore, en vivant large… déclara-t-elle. Et puis, avec l'argent de la borlette, on rachètera un commerce. On aura donc tout le temps de voir venir, mon amour.

Ayant donc entière confiance en ma dulcinée,

j'entreposai mon magot chez elle, déterminé à l'y conserver quelque temps afin de réfléchir à quoi je pourrais l'utiliser. Ma maison semblait être une priorité vu qu'elle était en bois et attaquée de partout par les mites, ce qui ne donnait pas une belle image de la profession que j'exerçais. Mais ma vieille 4L menaçait de rendre l'âme à tout moment et je ne me voyais franchement pas attendre un bus trente ou quarante minutes, par 30° de température, juste pour faire une poignée de kilomètres. Il y avait aussi les dettes que j'avais accumulées chez le boutiquier chinois des Terres-Sainvilles, des arriérés d'impôts, ainsi que diverses autres bricoles qu'il convenait de régler de toute urgence. À bien regarder, quinze mille euros n'y suffiraient sans doute pas, mais c'était déjà ça et dès que j'aurais résolu l'énigme du meurtre de Sésostris Ferdinand, les clients ne manqueraient pas d'affluer. Du moins, je l'espérais. Justement, je me proposais de suivre la piste Justina que m'avait obligeamment soufflée le commissaire Clerveaux lors de notre jogging matinal à Texaco. Jusque-là, la maîtresse attitrée du député Salbert ne figurait qu'en sixième position sur la liste des suspects que j'avais établie. En effet, la veuve Sésostris et Saint-Hubert figuraient désormais en numéro un ex æquo, suivis de Don Felipe, le mac dominicain (mais il était en taule à Ducos pour le moment) et du député Salbert, pour finir par Ti Jérôme, le patron de borlette haïtien et Meynard de Queilhe, le vieux béké. Sans pour autant éliminer tout à fait quelque ouvrier de MADININA-CONSTRUCTIONS, j'avais donc placé la géante de Renéville en ultime position.

— On n'a rien sur Justina, m'avait déclaré l'inspecteur Maxence qui m'avait appris qu'elle était bien venue au commissariat déclarer le cambriolage de son domicile et donc le vol d'une partie du trésor de guerre de la Fédération gaulliste de la Martinique.

Être maîtresse attitrée n'était, en effet, pas une infraction répertoriée dans le code pénal, d'autant qu'elle ne cherchait aucunement noise à l'épouse officielle du député Salbert dont la vie était consacrée aux œuvres de charité. Je ne pouvais donc pas me pointer à la cantine scolaire de Pont-des-Chaînes où Justina occupait depuis peu un poste de chef d'atelier, ni même lui rendre une deuxième visite à son domicile n'ayant aucun motif sérieux pour le faire. La seule solution était donc de la prendre en filature. Très vite, j'appris qu'une voiture, envoyée par son amant, venait la chercher chaque beau matin à Renéville pour la déposer à son boulot et venait l'y rechercher en tout début d'après-midi. Madame disposait donc d'un chauffeur ! Elle s'occupait de son ménage jusqu'à dix-huit heures, balayant sa véranda, étendant du linge sur une ligne fixée par-dessus son jardinet, préparant son repas du soir, les bonnes odeurs qui se dégageaient de sa cuisine indiquant qu'elle était une cuisinière hors pair. Ce temps durant, elle accompagnait de la voix son poste de radio branché en permanence sur une station qui diffusait du zouk et parfois des biguines mélancoliques du temps de l'antan. Par jeu, des passants lui lançaient :

— *Vwazin, fout nou djé jòdi-a, ébé*[1] *!*

1. Dis donc, voisine, qu'est-ce que t'es gaie aujourd'hui !

— *Piespa ! Ladévenn anlè tet-mwen, wi*[1]…

En début de soirée donc, elle enfilait un jeans délavé et un tee-shirt ample et sortait, chaussée de simples sandalettes, la tête attachée par un mouchoir de tête sans grâce, pour se rendre à un point de PMU situé sur l'avenue de Sainte-Thérèse. Une fois, elle faillit me surprendre car j'avais mal garé ma voiture et un riverain irascible était en train de me houspiller pour que je débarrasse l'entrée de chez lui. Mais le feutre que j'avais hérité de Tonton Milo et le bleu de travail avec lequel je m'étais déguisé pour me faire passer pour un mécanicien ou un électricien, l'empêchèrent de m'identifier. Heureusement, le point de PMU disposait d'une buvette : cinq tables en plastique que squattaient la plupart du temps des retraités. Je pus donc voir Justina défaire calmement le bout de toile madras qui la ceinturait et extraire du gros nœud qu'elle s'était fait sur la hanche, à la manière des marchandes de légumes, deux liasses de billets. Le tenancier du PMU compta et recompta à mi-voix la somme de deux mille euros en billets de cinquante euros. Des habitués la charriaient invariablement :

— *Jistina, kou-taa si ou pa pwan Kenté-Plis la, mwen menm, man ka fini épi zafè chouval la. Ha-ha-ha*[2] *!*

La maîtresse du député Salbert souriait sans répondre. Très sûre d'elle. Apparemment, elle ne prêtait aucune attention aux paroles sirop-miel que

1. Pas du tout ! La déveine continue à me poursuivre…

2. Justina, si jamais cette fois tu ne gagnes pas au Quinté-Plus, moi, j'arrête cette histoire de courses de chevaux. Ha-ha-ha !

lui adressaient certains parieurs qui, il est vrai, se tenaient à bonne distance d'elle, sans doute impressionnés par son imposante membrature. Quatre jours de suite, je l'observai en train de miser exactement la même somme, ce qui n'avait l'air d'étonner personne alors qu'à vu d'œil, la moyenne des paris tournait autour d'une quarantaine d'euros. Quoique complètement béotien en matière de courses hippiques, je me mis à jouer moi aussi, me présentant comme un négropolitain* récemment rentré de France et m'appliquant à grasseyer les « r » pour faire plus vrai. Le tenancier du point de PMU était un bougre jovial avec lequel le courant passa très vite. Il avait fait son service militaire « là-bas », dans les années soixante, et regrettait les nuits chaudes de Pigalle. Suite à divers déboires familiaux et professionnels, il n'avait jamais pu retraverser l'Atlantique, mais ne désespérait pas de pouvoir le faire un jour.

— Vous êtes bien placé pour toucher le Quinté-Plus, lui fis-je. Vous devez avoir des tuyaux en or, non ?

— Pensez-vous ! Cordonnier mal chaussé, comme on dit... J'ai jamais gagné plus de quatre cents euros, et encore parce que cette fois-là, je m'étais trompé sur un numéro en cochant les cases. Ha-ha-ha !

— Vous me déconseilleriez de continuer à jouer ?

— J'ai jamais dit ça ! Bien au contraire, c'est sur des gars comme vous qui n'y connaissent rien que Dame Chance choisit souvent de jeter son dévolu.

Je ne l'avais pas trompé. Il avait immédiatement remarqué que j'étais un bleu en la matière en dépit de l'air très concentré que je prenais pour faire semblant d'étudier les pronostics des journaux spécialisés qu'il mettait à la disposition de sa clientèle. Mieux : il était sacrément futé. En effet, un soir, il me lança avec un clin d'œil :

— Elle vous intéresse, hein ?

Justina venait de payer ses tickets de Quinté-Plus.

— De qui parlez-vous ? rétorquai-je en écarquillant innocemment les sourcils.

— Eh ben, de ce grand cheval-là ! Vous pensez que je n'ai pas remarqué que vous la zieutiez. Ha-ha-ha !... Faut être un sacré cavalier pour pouvoir la monter !

— Et ce cavalier, vous savez qui c'est ?

Il me fit signe d'approcher et collant presque sa bouche à mon oreille, me déclara :

— C'est la femme-dehors d'un gros ponte gaulliste. Vous n'avez aucune chance ! Avec tout ce qu'elle débourse, je suppose que ce type doit lui donner un paquet d'argent... Selon toute vraisemblance, madame doit avoir la foufoune sucrée. Ha-ha-ha !

Pour en avoir le cœur tout à fait net, j'espionnai Justina durant quinze jours et calculai qu'elle avait dû miser la somme hallucinante de huit mille euros. Quand j'interrogeai à nouveau le tenancier pour savoir s'il lui arrivait de gagner, il ricana :

— Pff ! ! *Lanmonné kod*[1]... Remarquez, elle non plus ne joue pas depuis très longtemps. Quelques mois, pas davantage...

Le soir même, j'avais invité l'inspecteur Maxence à boire un verre dans le bar cubain où Alberto, le

1. Trois fois rien.

saxophoniste-accordéoniste-clarinettiste, officiait. Dès que j'eus fini de lui rendre compte du résultat de ma filature, il s'écria :

— J'ai compris !... Merde, qu'est-ce qu'on a été cons !

— Compris quoi ?

— Justina n'a jamais été cambriolée ! Elle a fait tout ce ouélélé* lorsque nous sommes allés chez elle pour justifier la disparition du fric de Salbert, voilà tout ! En fait, elle l'a tout simplement joué au PMU... Sinon elle ne serait pas venue faire une déclaration de perte chez nous. Réfléchis !

Je rétorquai que c'était probablement vrai mais que cette affaire n'avait rien à voir avec Sésostris. Elle n'était plus sa maîtresse depuis des lustres et c'est au député Salbert qu'elle aurait dû rendre des comptes.

— Tu as la preuve que Salbert fréquentait Justina chez elle ? fit Maxo.

— Heu... non, j'ai pas vérifié. Mais ça coule de source puisque c'est tout de même sa maîtresse attitrée...

— Eh bien, mon cher Teddyson, je ne lis pas dans le marc de café, mais j'ai tout l'impression qu'il n'y venait jamais, qu'ils prenaient rendez-vous ailleurs et que c'est Sésostris qui venait planquer le magot à Renéville. N'oublie pas qu'il était en quelque sorte l'homme de main de Salbert !

— Tu n'essaies pas de me mener en bateau là ? C'est pas ton commissaire Clerveaux qui t'envoie des fois ? Il a l'air d'avoir Justina dans son collimateur.

Mais je dus me rendre à l'évidence. L'analyse de Maxo était plausible, très plausible même, ce qui signifiait que Justina, qui peut-être avait conservé un faible pour Sésostris, aurait agi sous l'emprise de la jalousie d'une part en tabassant Isabela Hernandez Rincon et de l'autre, en liquidant (et castrant) Sésostris. Comme dix heures du soir approchaient et que Veronica m'avait donné rendez-vous au pied du Morne Trénelle pour aller récupérer notre gain à la borlette chez l'Haïtien, je pris congé de l'inspecteur Maxence. Un sourd agacement s'était emparé de moi. Je réalisai que j'avais toujours eu envie qu'Irmine Sésostris fût la coupable ou, au pire, Saint-Hubert dont je n'avais apprécié que très modérément qu'il nous ait couillonnés, moi et le béké Meynard de Queilhe. En fait, j'avais toujours douté que le député Salbert fût impliqué de quelque manière dans l'affaire. Il aurait risqué trop gros. Et puis, plus âgé que Sésostris d'une dizaine d'années, il aurait pu utiliser un procédé moins brutal pour calmer l'ambition électorale de l'entrepreneur : lui offrir, par exemple, d'être son suppléant et lui proposer de démissionner en cours de mandat. C'était une pratique tout à fait courante qui n'aurait pas forcément déplu à Sésostris lequel savait qu'il aurait dû améliorer sérieusement son français avant de pouvoir prétendre siéger au Palais-Bourbon.

Veronica m'avait demandé de l'attendre sur la place du 22-Mai, déserte à cette heure. Je patientai une demi-heure, puis une heure. Peut-être avait-elle été retenue par un client trop attentionné. Elle en possédait trois ou quatre, tous gens de la bonne société, qui venaient l'honorer à dates fixes dans le mois et payaient pour rester non pas huit minutes comme le *vulgum pecus*, mais « un bon moment » comme elle disait. Onze heures finirent par sonner à l'église des Terres-Sainvilles et je compris qu'elle ne viendrait plus. J'étais partagé entre deux idées : me rendre chez elle pour voir si elle n'avait pas eu un problème quelconque ou monter chez Ti Jérôme pour récupérer notre dû. Je choisis la seconde option qui me semblait plus rationnelle. L'escalier en lacets qui conduisait tout en haut du Morne Trénelle, escalier que bordait un étroit canal qui charriait les ordures (et parfois les excréments) des habitants du lieu, me parut interminable. De temps à autre, une voix maugréait dans le noir :

— *Sa ou vini fè isi-a ? Sa ou ka chaché*[1] *?*

Les descentes de police y étaient fréquentes, le cannabis et le crack circulant sans discontinuer depuis quelques années. Je tâtai la poche intérieure de ma chemise-veste pour découvrir que pour ne pas changer, j'avais oublié mon P38 et ce n'était pas mon air de dépendeur d'andouilles qui aurait pu impressionner un quelconque dealer. Je me maudis intérieurement ! Final de compte, j'atteignis sans encombre la case de Ti Jérôme, mais un vacarme étrange régnait à son entour et à l'intérieur. Une grappe d'hommes, tous haïtiens, chantonnait une complainte dans un langage où se mêlaient le créole et une autre langue, sans doute africaine. Ils étaient vêtus de sortes de chasubles blanches et avaient des bandeaux de même couleur autour de la tête. Trois d'entre eux brandissaient des flambeaux en bambou tandis qu'un autre dévidait une bouteille de rhum dans la bouche de chacun, rhum qu'ils glouglou-

1. Tu viens faire quoi ici ? Tu cherches quoi ?

taient avant de le recracher en l'air avec des rugissements effrayants. Je freinai pile quoique aucun d'eux ne se fût rendu compte de ma présence. Au-dedans de la case de Ti Jérôme, que je n'avais toujours pas vu, quelqu'un battait un tambour sur un rythme lancinant et des lamentations ou des imprécations fusaient à intervalles réguliers. J'étais tombé en pleine cérémonie vaudoue ! Je me rappelais à présent que Veronica m'avait révélé que le patron de banque de borlette était aussi un prêtre de cette religion. Au moment où je m'apprêtais à faire marche arrière, je fus projeté dans le cercle des danseurs par un autre groupe de fidèles qui venait d'arriver et qui était déjà en état de transe. Ils hurlaient :

— *Legba oyé ! Louvri bayé ba nou ! Legba oyé*[1] *!*

Une lampe tempête éclaira alors l'intérieur de la case où un homme au corps flasque, entièrement nu, la tête couverte d'un drap rouge, se dandinait autour d'un poteau tandis que Ti Jérôme et deux autres officiants lui balançaient un liquide gluant sur le corps en proférant des menaces à un être invisible. De temps à autre, le prêtre vaudou frappait l'homme à l'aide d'un fouet en criant d'une voix caverneuse qui n'était pas la sienne :

— *M-mandé'w sòti, wi ! Ou met sòti si ou pa vlé m-déchèpiyé'w*[2] *!*

Le supplicié ne semblait ressentir aucune douleur bien qu'il fût agité par de brusques mouvements des épaules ou des jambes. Il m'avait l'air de quelqu'un

1. Legba oyé ! Ouvre-nous la barrière ! Legba oyé !

2. Je te demande de sortir ! Tu as intérêt à obéir si tu ne veux pas que je te démolisse.

d'assez âgé. Plus que la soixantaine en tout cas à en juger par ses muscles flasques. À lui aussi, on versait du rhum dans la bouche mais au contraire des autres participants, il l'avalait avec des soupirs d'intense satisfaction. À ses pieds gisaient déjà deux bouteilles vides ! Il me vint à l'esprit cette remarque de Plotin :

« *Un homme laid, s'il est vivant, sera toujours plus beau que la plus belle des statues.* »

Je faisais mine de danser tout en cherchant un moyen de fuir mais d'autres Haïtiens arrivèrent et obstruèrent l'entrée de l'escalier en raidillon qui conduisait au pied du morne. Bientôt, le tintamarre diminua et tous fermèrent les yeux, s'immobilisèrent et se mirent à murmurer une chanson dont je ne saisis pas les paroles. Comme si celle-ci possédait un effet hypnotique, je me sentis soudain léger, très léger. Le poids de mon corps n'était plus un obstacle à ce que je m'envole. D'ailleurs, deux-trois officiants avaient tendu leurs bras à-quoi-dire des ailes et s'élançaient dans les airs, voletant comme de gros oiseaux malhabiles. Une petite pluie s'abattit sur nous, jouant au steel-band sur le toit de tôle ondulée. Je me sentais heureux. Complètement heureux. Chose qui ne m'était pas arrivée depuis des lustres. Ti Jérôme brisa le silence en frappant violemment le sol à l'aide d'une épée en bois et, après avoir aspergé l'intérieur de sa case à l'aide de gorgées de rhum qu'il recrachait, hurla :

— *Si ou pa vlé sòti, pwonmet ou va pwotéjé nonm-sala, wi ! Pwonmet, fout !*[1]

1. Si tu ne veux pas sortir, promets que tu vas protéger cet homme ! Promets-le, bon sang !

Une voix d'outre-tombe émana alors du ventre du supplicié qui était agité par de terribles tremblades. Une voix qui injuria, ricana, se mit à pleurer, chuchota, donna des ordres confus avant d'éructer :

— *Wi, m-pwonmet !*[1]

Immédiatement, les officiants et la petite foule de fidèles retrouvèrent leur calme. Cessèrent de se trémousser et de chanter. Ti Jérôme s'approcha du supplicié dont il palpa le corps de la tête aux pieds, très longuement. Puis, brusquement, il ôta la toile qui recouvrait la tête de ce dernier. Je faillis tomber à la renverse. Il s'agissait du… député Jacques-André Salbert. Oui, de l'honorable représentant de la deuxième circonscription de la Martinique au Palais-Bourbon. Celui qui défendait les intérêts de notre production bananière et cannière bec et ongles à chaque session parlementaire et qui était, à chaque fois, accueilli triomphalement à son retour au pays soit parce qu'il avait obtenu une énième subvention européenne soit parce qu'il avait réussi à repousser les exigences d'une Allemagne toujours désireuse d'abolir nos quotas d'exportation sur le marché français, quotas accordés à la fin des années cinquante par le général de Gaulle à ce qu'il désignait par la métaphore, ô combien poétique, de « lambeaux de France palpitant sous d'autres cieux ». Salbert pratiquait donc le vaudou ! Je n'arrivais pas à y croire. Mais la seule explication est qu'il se sentait en danger ou qu'il craignait pour son poste de parlementaire.

Chance pour moi, l'intensité des flambeaux se mit à fléchir à cause du vent qui descendait des hau-

1. Oui, je le promets !

teurs de Balata dont on apercevait dans le lointain les forêts sombres. Les fidèles se mirent à danser sur le rythme endiablé du tambour asotor, invoquant Legba, Erzulie-Fréda et d'autres divinités. Chacun s'approcha de Salbert et le frappa sur la tête à l'aide d'une petite branche de corossolier en prononçant une incantation qui le faisait frémir de tout son long. Le député avait les yeux exorbités, mais ne semblait plus être dans un état second. Il finit par se rhabiller avec des gestes lents, comme s'il réfléchissait à quelque chose. La cérémonie s'acheva de manière brusque. Ti Jérôme et ses fidèles retrouvèrent d'un coup leur état normal. Salbert sortit une grosse liasse de billets d'une sacoche et récompensa le prêtre vaudou et les officiants qui se trouvaient à l'intérieur de la case. Il était grand temps pour moi de m'escamper ! Je me mis à fendre la foule, n'hésitant pas à bousculer ceux qui entravaient ma route, m'attirant des jurons ou des ripostes musclées qui faillirent me faire chuter. Il fallait à tout prix que je parvienne à l'escalier de pierre. C'était mon unique porte de sortie. Des fidèles se mirent à crier :

— *Mi gnon bòkò, baré-l*[1] *!*

Au moment où j'aperçus les premières marches, je me retournai pour faire face à mes assaillants et là, durant une demi-seconde, mon regard tomba dans celui du député Salbert qui en resta bouche bée. Je fonçai droit devant moi, au risque de me rompre le cou, et me mis à dévaler le morne comme un dératé tandis que les hurlements des fidèles redoublaient…

1. Un sorcier, attrapez-le !

CHAPITRE 18

Pendant quatre jours, je restai au lit, incapable de bouger, au point de ne même pas pouvoir avaler les deux cachets d'Efferalgan qui d'ordinaire calmaient mes maux de tête en un battement d'yeux. J'étais comme groggy. Désemparé aussi. Cette enquête m'avait en fait bouffé l'existence, inexorablement, et dans mon enthousiasme à me trouver enfin au cœur d'une affaire sérieuse, ce qui me changeait de mon train-train habituel, je ne m'en étais pas aperçu. Je ne m'étais pas rendu compte que Sésostris Ferdinand, personnage que je n'avais vu qu'en photo ou à la télévision, que je ne connaissais ni d'Ève ni d'Adam pour tout dire, avait fini par occuper l'entièreté de mes pensées. Il me hantait, à bien regarder. J'en avais fait mon affaire à moi, manquant d'y perdre la vie par deux fois et me faisant en prime rouler dans la farine par les différents protagonistes de l'affaire. Pas de quoi en tirer la moindre gloire !

L'inspecteur Maxence, que mon silence devait inquiéter, m'envoyait texto sur texto :

— Pas de nouvelles, bonnes nouvelles ?

Ou, moins rigolo :

— On fait le mort, camarade ?

Je ne trouvais pas la force de lui répondre. Un paquet de biscuits secs, une bouteille d'eau de Chanflor et mon éternel paquet de cigarillos Davidoff m'aidaient à ne pas sombrer. Les *Pensées* de Sénèque aussi. Ma chambre était dans le noir presque complet, hormis l'antique poste de télé hérité de Tonton Milo dont j'avais coupé, comme d'habitude, le son. Je n'ai jamais été un fanatique de la petite lucarne. Ce qui enrageait Francelise, laquelle était accro à tous ces feuilletons brésiliens ou étasuniens débiles que diffusaient les chaînes locales. Après avoir adoré, au sens quasi religieux du terme, *Isadora* et *Alerte à Malibu*, elle était fascinée à présent par *Desesperate Housewives*. Une fois qu'elle était venue prendre sa piqûre de rappel, elle m'avait même demandé sèchement d'abréger la partie parce qu'elle mourait d'envie de savoir si unetelle allait se remettre avec son mari ! Je me demandais d'ailleurs où elle était passée tous ces temps derniers. D'ordinaire, elle veillait à me contacter au moins une fois par semaine, souvent pour me refiler un tuyau sur une affaire dont je m'occupais parallèlement à celle de Sésostris Ferdinand. Avait-elle finalement trouvé le grand amour auprès de Saint-Hubert après l'avoir accusé d'être un usurpateur ? Et pourquoi avoir inventé ça ? Était-ce par vengeance, le banquier devant sans cesse repousser, tout comme moi je l'avais fait par le passé, ses assauts matrimoniaux ? Toujours est-il que je me retrouvais avec deux nanas de perdues : Veronica del Monte qui s'était barrée à Saint-Domingue avec mon fric (et sans doute le gros lot de la borlette) et Francelise qui se terrait dans l'inaccessible villa, sur les hauteurs des Trois-Îlets, du cadre de la Banque internationale des Caraïbes. Deux êtres vous manquent et…

À l'aube du quatrième jour, tel Lazare se levant de son tombeau, je réussis à m'extirper de ma couche qui puait la sueur, mon ventilateur à pied brassant presque dans le vide après cinq ans de bons et loyaux services, lorsque mon talon buta sur quelque chose. Ayant pour habitude de balayer très sommairement les lieux, je pensai qu'il s'agissait d'un côté de chaussure et n'y prêtai pas attention, mais par réflexe, je passai la main sous le lit et tombai sur un livre. Un minuscule livre de forme carrée à la couverture ocre. Il avait pour titre *Rituel de haute magie.* Je le retournai pour découvrir qu'il avait été imprimé rue du Temple, à Paris, en 1965. J'étais tout bonnement stupéfait ! Est-ce que d'aventure Tonton Milo lisait ce genre d'ouvrages ? Idée absurde car celui qui avait fait de moi son héritier était un philosophe de l'oralité. Une sorte de Socrate créole qui se méfiait comme de la peste de l'écrit et ne consentait qu'à parcourir *Antilles-Matin* qu'il ne se privait cependant pas de critiquer vertement, l'essentiel de ce journal étant, il est vrai, surtout consacré aux faits divers et autres chiens écrasés. D'ailleurs, quand j'avais investi la maison, à part un mobilier hors d'âge (et hors d'usage), je n'y avais trouvé qu'une garde-robe remplie de pyjamas et de robes de chambre et, au galetas, un nid de chauves-souris. Le petit opuscule ressemblait fort à ceux que vendaient sous le boisseau les marchandes du centre-ville : *Le Grand*

Albert, Le Petit Albert et autre *Dragon rouge*. Nous, créoles, étions friands de cette magie blanche qui n'avait plus cours en France depuis un bon demi-siècle, persuadés qu'ajoutée à notre magie noire, le quimbois, nous devenions invulnérables.

Je remarquai qu'une des pages était cornée. La 82. Elle avait pour titre « De l'amour » et j'y lus ce qui suit :

Achetez sans faire prix quatre aunes de ruban de couleur de feu, sans rien affecter, puis allez à la Messe ; placez-vous vis-à-vis de la personne dont vous voulez être aimé afin que vous la puissiez voir en face, puis dites au moment de l'élévation, tenant votre ruban en main, lequel sera ployé en croix comme la rosette d'un chapelet : Créature que je vois de mes yeux, il est aussi vrai que ton cœur s'attachera au mien, comme il est vrai que mon doux sauveur Jésus-Christ a été attaché à l'arbre de la Croix, et aussi vrai qu'il est attaché aux espèces sacramentales que le Prêtre tient entre ses mains.

Tout s'éclaira ! Ce bouquin appartenait à Francelise et à personne d'autre. Elle était la seule en plus à avoir eu l'insigne honneur de pénétrer dans ma chambre qui était un vrai foutoir. Je comprenais maintenant pourquoi elle avait insisté à diverses reprises pour que je l'accompagne à la messe ! Se pouvait-il que cette drôlesse m'aimât vraiment ? À cette seule idée, je me sentis à la fois ému et accablé de remords. Seul mon refus de la conduire à l'autel nuptial l'avait jetée dans les bras de Saint-Hubert. Peut-être avait-elle dû feindre le coup de foudre pour lui, ce fameux jour où lui-même avait ressenti la même chose pour elle (et pour son postérieur stéatopyge), cela dans le but de provoquer une réaction de jalousie chez moi. Ô scélératesse de ma part ! Ô ingratitude !

Ces vers d'Aimé Césaire surgirent alors de mon esprit encore embrumé :

On peut très bien survivre mou
En prenant assise sur la vase commensale.

J'allumai mon ordinateur d'un geste machinal avant de m'affaler dans mon fauteuil en cuir, le seul meuble présentable de mon intérieur. Il ne fallait guère que quelques minutes pour parcourir mes courriels, la plupart, il est vrai, étant des pourriels vantant les mérites du Viagra ou proposant des sites de jeu en ligne. Il n'y avait guère qu'avec l'inspecteur Maxence et, de loin en loin, la veuve Sésostris que je communiquais par ce biais. Je fus donc surpris de découvrir une adresse que je ne connaissais pas : rose-de-cayenne@wanadoo.fr. Je crus d'abord à une de ces arnaques ouest-africaines visant à soutirer du fric aux gogos et faillis l'effacer avant de me raviser. La rose de Cayenne était, en effet, ma fleur préférée. Je cliquai dessus, certain de voir apparaître une fenêtre indiquant « courrier dangereux », mais il n'en fut rien. La missive électronique s'ouvrit le plus normalement du monde. Elle disait ceci :

Bonjour M. Teddyson !

Vous ne me connaissez pas, mais moi, je sais qui vous êtes et vous apprécie beaucoup. L'objet du pré-

sent message est de vous mettre en garde contre une vaste conspiration qui a été montée par diverses personnes avec lesquelles vous êtes en affaire et qui vise ni plus ni moins qu'à vous faire porter le chapeau du crime horrible de la rue de l'Ouvrier Albert. D'enquêteur, vous passerez sous peu au statut de coupable et vous ne pourrez rien faire pour prouver votre innocence. Le mieux, à mon sens, est donc que vous abandonniez immédiatement cette affaire que d'ailleurs la police a classée depuis bientôt une année.

Une amie qui tient à vous savoir vivant.

Rose de Cayenne

Ma première réaction fut d'éclater de rire. Cela ne m'était pas arrivé depuis un bail. Trop longtemps à vrai dire. Tonton Milo n'avait-il pas raison quand il affirmait :

— C'est le rire qui a sauvé le nègre de la désespérance au cours des trois siècles d'esclavage. Regarde les Peaux-Rouges ou les Aborigènes ! Ils ne savent pas rire et c'est pourquoi ils sont voués à une déchéance irrémédiable.

Je me laissai donc aller à une franche hilarité laquelle, effectivement, me revigora un peu puisque je réussis à allumer la machine à café, puis à aller récupérer les quatre dernières éditions d'*Antilles-Matin* que le petit vendeur de rue avait glissées sous ma porte. Je finis par ouvrir les persiennes de mon bureau et ressentis une joie sourde à l'instant où la violente lumière du jour y pénétra. Il était quasiment midi et je ne m'en étais même pas aperçu ! Bon, j'étais encore vivant, bien vivant, quoique je n'eusse aucun souvenir d'une (rassurante) érection matinale pendant la retraite que je m'étais imposée. En plus, j'avais l'esprit clair. Du moins, je le croyais. Ce qui me permit d'inventorier rapidement les personnes de sexe féminin que j'avais approchées ces derniers temps afin d'essayer de voir laquelle pouvait être cette mystérieuse Rose de Cayenne. Après avoir éliminé d'emblée les plus improbables, c'est-à-dire Justina, la géante de Renéville, Veronica del Monte, qui devait être bien trop occupée par l'ouverture de son commerce de tissus à Santiago, et Francelise dont je ne pensais pas qu'elles aient jamais ouvert un ordinateur de leur vie, je me concentrai sur Irmine Sésostris, l'ancien professeur de sciences naturelles, et ma chère mère qui me couvait de loin. La veuve de l'entrepreneur ayant par deux fois renouvelé son bail avec moi, je la voyais mal me demander de tout arrêter. Ce ne pouvait donc être que ma génitrice, ce qui me fit hausser les épaules. Elle n'avait pas abandonné son rêve de voir son garçon adoré troquer sa chemise-veste et son feutre de détective privé contre une belle robe noire d'avocat. Rêve bien chimérique au demeurant !

Tiraillé par la faim, je me douchai et me rendis au restaurant du Grand Marché dans l'espoir d'y rencontrer l'inspecteur Maxence. Hélas, point de Maxo ! L'endroit était d'ailleurs envahi par une nuée de touristes, blancs comme des cachets d'aspirine, qui piaillaient sans arrêt. J'avalais vite fait une soupe calalou et deux-trois acras avant de quitter les lieux, n'ayant aucune destination précise en tête. Je me mis à remonter les berges du canal Levassor d'un pas tranquille en dépit de l'écrasante chaleur du début d'après-midi. Des gommiers* étaient amarrés à un ponton et se balançaient mollement au gré des mouvements d'une eau couleur de goudron, chose qui gâchait la carte postale. Je décidai de prendre le frais à l'ombre d'un gigantesque amandier-pays, lequel jouxtait un terrain de pétanque où des vieux-corps intrépides lançaient joyeusement leurs boules. Une réflexion de Tonton Milo me revint :

— Les ventilateurs et autres climatiseurs vous ont appris, vous les jeunes, à ne plus supporter la chaleur. Hon !... De mon temps, personne ne s'en plaignait, bien au contraire. Infirmière, je ne veux pas de ces machins-là dans ma chambre, foutre !

Effectivement, rien que regarder les boulistes, je dégoulinais de sueur. Toutefois, je me surpris à prendre plaisir à ces réflexions oiseuses, lesquelles me changeaient des casse-tête permanents que me procurait l'affaire Sésostris Ferdinand. Je réalisais qu'en choisissant de m'installer comme détective privé, j'avais (provocation inconsciente ?) tourné complètement le dos à ma vocation première qui était la méditation philosophique. Méditation était le mot approprié car j'avais, par contre, horreur des grands systèmes de pensée et des fabricants forcenés de concepts : Descartes, Spinoza, Kant, Hegel ou Heidegger, ce n'était pas trop mon rayon. Je leur préférais cent fois Sénèque, Kierkegaard, Schopenhauer, Nietzsche, Bergson ou Lanza del Vasto. Si la philosophie ne nous apprend pas comment supporter l'inanité de la vie, elle ne sert pas à grand chose. Un concept, aussi sophistiqué soit-il, non seulement ne nourrit pas son homme, non seulement ne permet pas de bander, mais pire, ne vous console même pas d'être l'un des quatre-vingts milliards d'êtres humains qui sont passés sur cette terre depuis la préhistoire. La seule question philosophique qui vaille, à mon humble avis, se résumait à ceci : comment n'être rien ?

— Tu as demandé après moi paraît-il ?

Je sursautai. Plongé dans mes profondes pensées, je ne reconnus pas la voix grave de l'inspecteur Maxence. Grave mais caressante, aux dires de ces dames.

— On cogite sur la finitude de l'existence humaine, je présume ? Ha-ha-ha !..., reprit-il.

Maxo me connaissait par cœur à présent. Nous étions devenus de vrais amis. Les vertus que j'attribuais à la philosophie, il les trouvait, lui, à la musique. Au jazz de la grande époque en particulier. Il me reprochait d'être sourd et il avait raison : la musique, pour moi, n'était qu'un bruit de fond. Quelque chose qui nous accompagne lorsqu'on fait la vaisselle, roule en voiture, regarde un film ou tente de séduire une femme, mais qui n'existe pas pour elle-même. Il affirmait avoir atteint une certaine forme de sérénité grâce à Duke Ellington et John Coltrane, chose qui m'était incompréhensible.

— Et cette enquête, Jack, tu t'obstines encore ?

— Difficile à dire...

— Je t'ai pourtant fourni deux meurtriers pour le prix d'un, non ? Ha-ha-ha !

— J'ai le plus grand mal à croire à ton scénario. Bon, c'est vrai qu'il y a de quoi être perplexe devant le fait qu'Isabela ait été liquidée bien après Sésostris. Ça, je te l'accorde !... J'ai relu le rapport du médecin légiste que tu m'as remis. Une dizaine d'heures entre les deux agressions, ce n'est pas très normal. À moins que…

— À moins que quoi ? fit Maxo en lissant sa moustache, geste qui, chez lui, relevait de l'ironie polie.

J'hésitai quelques secondes. Comment prendrait-il le fait que je lui avais caché avoir été hospitalisé deux jours durant dans la même chambre qu'Isabela Hernandez Rincon, au service de réanimation de La Meynard ? Comme s'il avait lu dans mes pensées, Maxo s'accouda à la balustrade qui longeait la berge du canal et sans me regarder à présent, me lança :

— Tu sais la nouvelle ? Ou plutôt les deux nouvelles…

— Mauvaises ou bonnes ?

— À toi de voir, mon cher !… Isabela est décédée ce matin. On a prévenu le commissaire Clerveaux sur le coup de huit heures.

J'accusai le coup. En m'efforçant cependant de n'en rien montrer.

— Et il a réagi comment ?

— Oh, tu le connais !… Cette affaire est désormais close et enterrée. Je ne veux plus en entendre parler. Dites à votre petit copain Teddyson d'arrêter de faire chier le monde avec sa pseudo-enquête s'il ne veut pas avoir des problèmes avec sa licence… Fin de citation…

Je réprimai un mouvement de colère. Indissimulable celui-là. Si je comprenais bien, le commissaire Clerveaux renonçait à confondre Justina, qu'il avait pourtant accusée d'être l'auteur du crime.

— Il a toujours des emmerdes avec sa fille chérie ? demandai-je.

— Apparemment oui puisqu'il se vante d'être sur une piste. Ha-ha-ha !… Le nègre ou le mulâtre qui la saute n'a qu'à bien se tenir ! Il finira comme un *strange fruit*[1]. Au fait, la deuxième nouvelle, c'est que Meynard de Queilhe, ton vieux béké, est au plus mal. C'est une indiscrétion d'une employée de l'Habitation Bois-Canon…

— Mince alors !

— Eh bien oui, mon pote, la vie n'est pas un long fleuve cartésien…

Six heures du soir approchant, je me rendis compte que j'avais à nouveau gâché une journée de ma vie. Encore que j'avais toujours eu du mal à comprendre l'expression « donner un sens à sa vie » dont se gargarisaient les beaux esprits et les âmes bien nées. C'était l'antienne favorite de mon paternel. Pour lui, avoir un bon métier, une gentille femme, un ou deux enfants et une villa confortable était tout ce que l'on était en droit d'espérer sur cette terre, à condition d'y mettre le prix. Ce à quoi, moi qu'il qualifiait d'oiseau sur la branche, je ne voulais pas me résoudre. Je me séparai de l'inspecteur Maxence sans avoir le courage de lui faire part de la révélation que m'avait faite Isabela sur son lit d'hôpital. Par orgueil, et sans doute parce que je soupçonnais qu'au fond de lui il devait me considérer comme un sympathique amateur, j'étais

1. Fruit étrange. Nom donné, dans une chanson de Billie Holiday, aux Noirs que l'on pendait aux arbres dans le sud des États-Unis jusqu'à la fin des années cinquante du XXe siècle.

déterminé à mettre au clair l'énigme du meurtre de l'entrepreneur Sésostris Ferdinand. Tout seul comme un grand ! Du coup, je verrais bien si tous ces bouffons de galonnés, ces incapables de l'hôtel de police continueraient à me regarder de haut.

Je longeai le cimetière des riches et pris d'une subite inspiration, y pénétrai et me dirigeai directement vers le tombeau de la famille Meynard de Queilhe. C'est bien ce que j'avais pensé ! Rien n'était préparé pour recevoir dignement l'un des membres les plus éminents de l'aristocratie créole. Les murs n'avaient pas été repeints et ni les bougies ni les couronnes de fleurs, abîmées par le temps, enlevées. De l'herbe folle courait même tout autour du petit monument. Meynard de Queilhe serait incinéré ! Comment n'y avais-je pas songé plus tôt ? Ses héritiers étaient sans doute pressés d'en finir et n'avaient que faire d'une procession mortuaire. Il était même possible qu'ils aient hâté sa fin. Je n'allais pas plaindre ce descendant d'esclavagiste qui s'était comporté toute sa vie comme si l'abolition n'avait jamais eu lieu, mais tout de même, tant de désinvolture à son égard me laissait perplexe. Était-ce une façon de lui faire payer la reconnaissance d'un de ses rejetons adultérins, et mulâtre de surcroît ? Je me surpris à murmurer « Foutu pays ! », exactement comme le soir où j'avais pris en filature Saint-Hubert et l'avait surpris en train de déposer une gerbe sur le tombeau de sa « famille ».

Il m'était possible de gagner Bas-Calvaire sans passer par les Terres-Sainvilles, mais je tenais à vérifier que Veronica del Monte avait bien rendu son logement de la rue Bolivar. Je n'arrivais pas à admettre qu'elle ait pu se volatiliser en si peu de temps, d'autant que si son mac Don Felipe était en prison, ses filles avaient été, selon Radio-bois-patate, prises en charge par son alter ego dominicain dont j'ignorais le nom. Ce dernier n'aurait pas autorisé Veronica à tout lâcher d'un coup, à moins qu'elle n'ait inventé quelque histoire de mère ou d'enfant gravement malade. Ces Hispaniques conservaient un grand respect pour l'institution familiale. Quand j'arrivai sur la place de l'Abbé-Grégoire, je notai immédiatement une vive agitation du côté où les Haïtiens se regroupaient habituellement, à l'en bas d'un flamboyant démesuré. Ils parlaient tous en même temps, faisant de grands gestes, les femmes se tenant la tête. Le banc des Dominicaines, non loin de l'église, était par contre complètement désert, ce qui était pour le moins curieux. Je m'approchai du boutiquier chinois qui, solitaire, faisait prendre l'air à ses enfants. J'avais soldé la majeure partie de mes dettes auprès de lui grâce au deuxième versement que m'avait fait la veuve Sésostris. Il m'accueillit avec son éternel sourire figé.

— *Ni tjek bagay ki dwet mal pasé...*[1], murmura-t-il en désignant les Haïtiens du menton.

Je l'avais interrogé au tout début de mon enquête au sujet d'Isabela Hernandez Rincon et il avait eu l'air de la considérer comme quelqu'un de très bien. Quant à savoir qui aurait bien pu la trucider, il s'était montré aussi loquace qu'une carpe. Il ne sortait selon lui que rarement de sa boutique, ce qui,

1. Ils doivent avoir un problème...

au demeurant, était vrai. Sa femme encore moins que lui. Mais il avait semblé craindre les foudres de Don Felipe, me laissant entendre à demi-mot que ce dernier le taxait. Comme bon nombre de commerçants du quartier.

— *Misié pa bon menm-menm-menm*[1] *!* avait-il osé ajouter un jour qu'il n'y avait aucun client dans sa boutique.

Après ça, impossible de lui arracher un mot sur l'affaire. Ce soir-là, sans doute inquiet de l'agitation des Haïtiens, il attrapa sa progéniture et fila en direction de sa boutique. Il est vrai que ceux-ci multipliaient vitupérations et vociférations, chose qui leur était peu coutumière, les natifs de la première république noire du monde moderne s'efforçant, en général, de se rendre presque aussi transparents que les fils de l'Empire du Milieu. Surmontant mon appréhension, je m'approchai d'eux, mais en gardant tout de même une certaine distance.

— *Li pati ak kob-nou*[2] *!* entendis-je un homme costaud gueuler.

— *Pouki ou ap di bagay-saa ?* protesta une femme. *Kay-li brilé, sé pa fot-li, non*[3] *!*

— *Men koté-l yé kouniè-a ? Ponpié-yo touvé kay-la vis, wi ! Koté li disparet*[4] *?*

Deux camps s'affrontaient : ceux qui croyaient que Ti Jérôme (car je compris qu'il ne pouvait

1. Ce type est très-très-très mauvais.

2. Il est parti avec notre argent.

3. Pourquoi tu dis ça ? Sa maison a brûlé. C'est quand même pas de sa faute !

4. Mais il se trouve où à présent ? Les pompiers ont trouvé sa maison vide ! Où a-t-il disparu ?

s'agir que du fameux boutiquier de borlette) s'était enfui avec l'argent de leurs paris et donc des gains de certains d'entre eux, après avoir mis le feu à sa case ; les autres tablaient sur un incendie accidentel, arguant du fait que l'endroit servait aussi d'oumfort et qu'il n'était pas pensable que Ti Jérôme ait pu détruire un lieu aussi sacré. Reconnaissant un Haïtien qui, de temps à autre, me changeait mes plaquettes de frein, je le pris à part. Il avait un visage dévasté.

— J'avais misé trois mois d'économies, maugréa-t-il en créole. Trois mois !... Ma femme avait rêvé des bons numéros. C'est la première fois que ça lui arrivait.

— La case de Ti Jérôme a brûlé quand ?

— Avant-hier...

— Juste après la cérémonie vaudoue alors ?

L'homme me considéra avec effroi. Comment se pouvait-il que j'eusse été au courant ? Seuls les Haïtiens étaient conviés aux « services-loas », et encore ceux qui ne vivaient pas avec ou n'avaient pas épousé une Martiniquaise.

— L'homme pour lequel Ti Jérôme a organisé la cérémonie n'était pas haïtien, il me semble..., continuai-je sans me démonter.

Autour de nous, l'agitation avait cédé la place à l'abattement. Certains s'étaient laissé choir sur le bord du trottoir, les bancs de la place ayant été occupés entre-temps par des Sainvilliens* venus goûter la brise du soir. Le mécanicien s'éloigna sans mot dire, mais je sentais bien que ma question l'avait comme dérangé. Je compris alors qu'il n'était pas bon que je rôdaille dans les parages trop longtemps. Les bancs des putes dominicaines commencèrent à se remplir, ce qui me rassura quelque peu. Elles n'avaient pas l'air d'être en colère alors qu'elles aussi avaient dû déposer leurs paris entre les mains de Ti Jérôme. Veronica n'était-elle pas chargée de les engager pour plusieurs d'entre elles ? Juste au moment où je m'apprêtais à emprunter l'avenue Jean-Jaurès afin de gagner Bas-Calvaire, je me ravisai. J'avais reconnu parmi elles Beatriz, la meilleure amie de Veronica, créature pachydermique qui pourtant ne manquait pas de clients.

— *Hola ! No llores, amigo ! Es el destino, la ley del destino… Ha-ha-ha*[1] *!*

Ses commères s'esclaffèrent, me jetant des regards pleins de commisération.

— *Que quieres decir*[2] *?*

Mon trouble, ajouté à mon espagnol maigrichon, m'interdisait d'être plus explicite.

— Ce que ces *coños*[3] d'Haïtiens ne savent pas, mais c'est pas nous qui allons le leur dire, c'est que Ti Jérôme et Veronica ont toujours été de mèche.

— De mèche ?

— Eh ben, oui… Lui, il couillonnait ses compatriotes sur leurs gains et Veronica, ta Veronica… Ha-ha-ha !… elle faisait pareil avec nous, mais on lui pardonnait. N'est-ce pas, *muchachas* ?[4]

Les péripatéticiennes acquiescèrent, un large sourire sur les lèvres. Quand quelqu'un gagnait mille euros, Ti Jérôme ou Veronica lui en annonçaient

1. Salut, ne pleure pas, l'ami ! C'est le destin, la loi du destin…
2. Que veux-tu dire ?
3. Couillons.
4. Les filles.

la moitié ou, certaines fois, le tiers. Chacun d'eux débarquait chez leur compatriote auquel la chance avait souri et lui tendait une liasse de billets en s'exclamant :

— Dieu est avec toi ! Voici quatre cents euros !

Trop heureux de cette manne, inespérée la plupart du temps, le gagnant s'empressait de l'empocher sans vérifier quoi que ce soit. Aux dires de Beatriz, ce petit jeu durait depuis bon nombre d'années jusqu'à ce que Ti Jérôme tente un coup de maître : il avait annoncé *urbi et orbi* que la somme en jeu dans le deuxième tirage du loto de New York, celui de l'avant-veille donc, se monterait à pas moins de cent mille dollars. Tous les Haïtiens et Dominicains, même ceux qui ne pariaient que rarement, voire pas du tout, voulurent titiller la chance.

— Les Haïtiens pleurnichent, continua Beatriz, mais moi-même, j'ai misé mille deux cents euros. Et toi, Yocasta, combien déjà ?

— Mille…

— Moi, c'est sept cents, intervint une autre.

Or, l'honorable Ti Jérôme, le très respecté hougan qui organisait des cérémonies secrètes en l'honneur de Legba ou d'Erzulie-Fréda, s'était barré avec la caisse. Il avait empoché les paris et s'était envolé ! Avec ma Veronica del Monte sans nul doute.

— Ces deux-là s'aimaient d'amour vrai, soliloqua Beatriz, soudain mélancolique.

Je repartis, envahi par le même sentiment. J'avais cru en la sincérité de ma *novia*, à son désir que nous ouvririons ensemble un commerce de tissus à Santiago et, inconsciemment, l'idée que cette vie nouvelle se concrétiserait s'était peu à peu installée en moi.

Je le découvrais à présent. Si j'aimais bien Francelise, par contre, Veronica avait réussi à émouvoir, à mon corps défendant, ma légendaire insensibilité de vieux garçon et de misogyne indécrottable. J'en étais si secoué que je ne pestai pas lorsque je découvris que des garnements de Bas-Calvaire avaient une fois de plus dégonflé les pneus avant de ma 4L. Une fois chez moi, j'essayai en vain d'allumer l'électricité ; EDF avait dû la couper suite aux deux rappels de factures que j'avais reçues au cours du mois et que j'avais oublié de régler. Je me jetai sur mon lit comme une souche et dormis jusqu'au lendemain dix heures. La première chose que je fis à mon réveil, chose très inhabituelle, fut de courir récupérer *Antilles-Matin* sous ma porte. La nouvelle de l'incendie y figurait en page trois :

À TRÉNELLE, LA CASE D'UN PRÊTRE
VAUDOU EN PROIE AUX FLAMMES.
PAS DE VICTIMES

L'article, pour le moins laconique, n'indiquait même pas le nom de Ti Jérôme et son activité de patron de banque de borlette n'était aucunement mentionnée, ignorée sans aucun doute qu'elle était du rédacteur. Aucune allusion non plus n'était faite à Veronica del Monte.

— Hon ! Ils doivent mener la belle vie à Miami à présent, murmurai-je en me souvenant que Veronica disait adorer cette ville où il lui arrivait de se rendre une fois l'an pour acheter cosmétiques et vêtements.

CHAPITRE 19

La une d'*Antilles-Matin* était presque entièrement occupée par la photo d'un homme d'une quarantaine d'années portant un casque colonial blanc et vêtu en toile kaki de pied et cap. Photo caractéristique des années cinquante-soixante. En arrière-plan, on distinguait une distillerie en train de fumer et tout autour des champs de canne à sucre. Un titre en caractères énormes annonçait :

DÉCÈS DE L'INDUSTRIEL
FRANÇOIS-MARIE MEYNARD
DE QUEILHE : LA MARTINIQUE
A PERDU UN GRAND HOMME

J'eus un bref accès de palpitations et surtout un vrai remords : une fois que le géniteur de Saint-Hubert m'eut réglé mon dû, je l'avais complètement effacé de ma mémoire. Je n'avais pas honoré la promesse que je lui avais faite de lui trouver un avocat en Guadeloupe afin d'empêcher ses enfants et petits-enfants de le mettre sous tutelle. Après une lecture aussi rapide qu'avide des différents articles qui lui étaient consacrés, je constatai que nulle part il n'était fait mention d'une quelconque descendance adultérine, quoiqu'il fût de notoriété publique que le défunt avait semé des petits mulâtres à tous vents. Le journal précisait que les obsèques auraient lieu « dans la plus stricte intimité », chose coutumière dans la caste blanche créole, mais n'indiquait nullement le lieu des funérailles, ce qui était moins fréquent. En bonne logique, cela devrait être le cimetière des riches, boulevard de la Levée, mais savait-on jamais avec des gens qui, depuis l'abolition de l'esclavage il y avait pourtant un siècle et demi, vivaient de manière quasi secrète ? Ses héritiers ne manigançaient-ils pas, par hasard, une inhumation à la sauvette du vieil homme ? Son caveau n'avait pas été préparé ! Et puis, avait-il eu le temps de reconnaître Saint-Hubert, et surtout de lui faire don du fameux terrain qu'il lui avait réservé ? Autant d'interrogations auxquelles il m'était évidemment impossible d'apporter la moindre réponse.

Toujours est-il qu'un suspect venait de se rayer lui-même de ma liste. Certes, le vieux béké m'avait déclaré ne pas apprécier du tout que son fils mulâtre eût des velléités électorales et voulût remplacer le député Salbert. Il m'avait même pressé de l'en dissuader, mais comme tous les protagonistes de cette affaire possédaient une double face et mentaient comme des arracheurs de dents, l'idée que Meynard de Queilhe eût pu faire liquider Sésostris afin de faire place nette à Saint-Hubert n'était pas invraisemblable du tout. Et le cinéma qu'il m'avait fait à propos des éminentes qualités du premier, avait sans doute eu pour objectif de détourner mon attention. Et si le rêve du planteur, pris de remords à la fin de sa vie, avait été de faire d'une pierre trois coups ? Reconnaître son fils adultérin d'abord ; lui faire don d'un terrain ensuite ; lui ouvrir la route du Palais-Bourbon enfin. Je m'en voulais de n'y avoir pas pensé plus tôt. En fait, je n'avais jamais vraiment inscrit Meynard parmi les suspects et seul le mot *blanco*, inlassablement répété par Isabela Hernandez Rincon sur son lit d'hôpital, m'avait conduit sur cette piste. Or, voilà que le décès du hobereau fermait cette dernière ! Définitivement...

Car ce que j'avais omis de révéler à l'inspecteur Maxence, c'est que non seulement j'avais partagé, deux jours durant, la même chambre que la catin de Sésostris, mais que je l'avais harcelée de questions. Au départ, j'avais joué au gentil, usant de mon espagnol le plus académique :

— *Hola amor, que bonita es*[1] !

Elle m'avait observé fixement avec ses grands yeux verts, dévorés par la fièvre, qu'encadrait une splendide chevelure amérindienne noir de jais. Même avec tous les tuyaux qu'on lui avait branchés sur le crâne et la poitrine, elle conservait une belleté extraordinaire. Alberto, le saxophoniste-accordéoniste-clarinettiste, ne m'avait pas raconté des fariboles : Isabela ressemblait à ces créatures latines qui régulièrement remportaient le concours de Miss Univers. Qu'elle fût obligée de vendre son devant sur l'un des innombrables trottoirs à moitié défoncés que comptaient les Terres-Sainvilles et de végéter dans une chambrette sordide relevait ni plus ni moins de l'absurdité du monde.

— Vous m'entendez ? Vous êtes bien Isabela, n'est-ce pas ? repris-je au bout d'un moment.

1. Bonjour, chérie ! Qu'est-ce que tu es jolie !

Miracle ! Elle réussit à secouer maladroitement sa main qui n'avait pas été amochée, la seule partie de son corps apparemment intacte, et cligna des yeux. Ces derniers, quoique somptueux, ressemblaient à ces papillons noirs, devenus rares, qui, à la nuit tombée, surgissaient brusquement au beau mitan d'une pièce qu'on venait d'allumer et qui, effrayés, battaient leurs vastes ailes aux reflets moirés, se déplaçant de manière erratique jusqu'à ce qu'ils parviennent à gagner l'en-dehors ou qu'un coup de balai bien senti mette fin à leur existence. Ma marraine avait une peur bleue de ces créatures qu'elle nommait, dans son créole ancien, des « sofikounan », mot étrange qui me faisait toujours sourire et que j'apprendrais plus tard être d'origine africaine. Elle mettait ma malchance légendaire sur le fait que par trois fois, lorsque j'étais bébé, ma nounou en avait surpris un sur le rebord de mon berceau. On avait dû y attacher un chapelet béni par Monseigneur l'évêque en personne !

— Je sais ce qui vous est arrivé... à vous et à Sésostris..., repris-je. C'est terrible !... Si je peux faire quelque chose, n'hésitez pas à me le dire !

Une infirmière entra dans notre chambre, les sourcils froncés. Elle avait probablement entendu le son de ma voix. Je m'empressai de lui demander un verre d'eau, ce qui eut l'air de la rassurer. Elle s'approcha d'Isabela et vérifia longuement le tuyau qui lui passait à travers le nez avant de prendre sa tension et de la noter sur la fiche qui était accrochée au pied du lit.

— *Hon ! Ti manzel-tala pa ni pou lontan*[1], l'entendis-je murmurer.

1. Hélas ! Elle n'en a pas pour très longtemps cette petite...

Effectivement, je ne parvins pas à arracher un seul mot à Isabela durant la première journée en dépit de mes efforts répétés. Sa peau prit une vilaine teinte grisâtre au fil des heures et sa respiration devint oppressée. Avait-elle réellement cru à la promesse que Sésostris lui avait faite de l'épouser ? Comment avait-elle envisagé sa nouvelle vie aux côtés de cet homme aux manières frustes qui était de trente et quelques années plus âgé qu'elle ? Tonton Milo, les rares fois où il ne plaisantait pas, répétait souvent sur un ton sentencieux :

— La seule et unique chose que recherche l'être humain sur cette terre, c'est la dignité ! Tu as l'impression qu'ils courent après l'argent, la gloire et tout ça, mais en fait, ce n'est qu'un masque. Chacun d'entre nous a simplement besoin d'être considéré à sa juste valeur par ses semblables…

Malgré tout l'appareillage médical qui la défigurait, en dépit de son état presque larvaire, Isabela Hernandez Rincon avait su conserver, dans le regard justement, cette petite lueur de dignité qui, sans aucun doute, contraignait les médecins et infirmières à voir en elle autre chose qu'une vulgaire péripatéticienne. Ils se pressaient à son chevet et cela me redonnait un peu de confiance en l'espèce humaine. Au deuxième jour, j'allai mieux et on vint m'annoncer que je pourrais sortir de l'hôpital en fin d'après-midi, après un dernier examen. J'avais, en effet, trois côtes enfoncées et chaque fois que la douleur me lancinait, je revoyais la scène de mon largage sur le bitume brûlant de la route de La Jambette. Ma tête avait dû cogner le sol la première car après, tout ne fut plus qu'un grand trou noir.

— *Señorita, tengo que ir por la tarde… Puede decirme quien ha matado a Sésostris, por favor*[1] ? fis-je à Isabela qui semblait avoir repris quelques forces.

Je crus la voir esquisser un léger sourire. Elle ne me quittait pas des yeux. Je passai à la douche, puis commençai à ranger mes vêtements. J'étais désespéré à la seule idée de savoir que je ne profiterais pas de cette opportunité, proprement inouïe, que m'avait offerte le destin : celle de résoudre l'énigme du meurtre de l'un des plus éminents businessmen qu'ait connu la Martinique. J'avais toujours rêvé d'en remontrer à la police. Ah, certes pas à mon ami l'inspecteur Maxence qui était quelqu'un de bien, mais au commissaire Clerveaux et à tous ces flics cons comme des balais pour qui Jack Teddyson n'était qu'une sous-merde. J'aurais ainsi démontré leur incapacité ! Leur incurie, même.

— Monsieur Vauban, on vient vous chercher dans dix petites minutes. Vous êtes prêt ? me lança une fille de salle qui entra en coup de vent.

— Presque…

— Vérifiez que vous n'oubliez rien, s'il vous plaît !

— Je ne me sens pas trop bien. Vous êtes sûre que je dois m'en aller ?

— Ordre du médecin chef, cher monsieur !

Pour la première fois, je m'approchai du lit où reposait Isabela. Elle était beaucoup plus grande que je ne l'avais pensé. Certes pas une géante

1. Mademoiselle, je dois m'en aller cet après-midi… Vous pouvez me dire qui a tué Sésostris, s'il vous plaît ?

comme Justina, la maîtresse du député Salbert, mais une femme à la taille nettement supérieure à la moyenne. Elle ne cessait de soutenir mon regard. Mais dans le sien, il n'y avait ni détresse ni appel au secours ni rien. Juste une équanimité qui me bouleversa. Je lui reposai ma question en lui parlant presque à l'oreille et en lui tapotant sa main valide. Elle ouvrit légèrement la bouche qu'elle avait encore pulpeuse et esquissa une parole. Une sorte de tremblade la secoua toute entière. Je reculai vivement, craignant d'aggraver son mal, mais je sentis ses doigts presser les miens. Très doucement.

— *Es… Es un… Un hombre blanco*[1]…, balbutia-t-elle.

L'infirmière réapparut au même moment et s'étonna de me voir au chevet d'Isabela.

— Vous la connaissez ?

— Non… Non, pas du tout… Elle m'a l'air d'être sérieusement abîmée, non ?

— Et comment ! Fracture du crâne, enfoncement de la cage thoracique, plusieurs coups de couteau aux poumons et à l'abdomen et j'en passe. Une vraie boucherie ! Enfin bref… Allez, on y va. Vous devez remplir votre fiche de sortie, mon cher monsieur.

Une voix empressée la sollicita dans le couloir et elle sortit en me tapotant maternellement l'épaule. Je restai seul avec Isabela quelques instants. C'était sans doute la dernière fois que je la voyais. Quoique n'étant pas d'un caractère sensible, je sentis des larmes me monter aux yeux que je refoulai aus-

1. C'est… C'est un homme blanc…

sitôt. Comment la remercier ? Comment lui faire savoir que désormais je n'aurais de cesse, quoi qu'il m'en coûtât, de débusquer celui qui s'était acharné sur sa personne, elle qui avait passé la moitié de sa jeune existence à donner du plaisir à cette créature immonde qu'est l'homme avec un petit « h » ? Un poème de Pablo Neruda me revint à l'esprit, un poème de son fameux recueil *Cien sonetos de amor*[1]. Je revins près de la jeune femme, m'agenouillant presque, et lui murmurai :

Estoy hambriento de tu risa resbalada,
De tus manos color de furioso granero,
Tengo hambre de la pálida piedra de tus uñas,
Quiero comer tu piel como una intacta almendra[2].

Elle eut un mouvement du corps, vaine tentative de se redresser. Mouvement pathétique qui s'affaissa dans l'instant. Mais elle parvint à ouvrir les lèvres et découvrit sa splendide dentition de déesse métisse. Je l'embrassai sur la joue et m'enfuis comme un voleur. Je rentrai à Fort-de-France en autobus, m'efforçant tant bien que mal de protéger mon bras en plâtre des hordes de petits voyous coiffés comme des oursins noirs qui montaient et descendaient sans payer, injuriant en prime copieusement le pauvre chauffeur. L'assassin de Sésostris Ferdinand était donc un homme. Un homme blanc. Toutes les hypothèses que j'avais pu faire, de même

1. Cent sonnets d'amour.
2. « Je suis affamé de ton rire de cascade / Et de tes mains couleur de grenier furieux, / Oui, j'ai faim de la pâle pierre de tes ongles, / Je veux manger ta peau comme une amande intacte. »

que celles de Maxence, s'effondraient comme un château de cartes. Exit Irmine et Justina. Mais exit également le député Salbert et Ti Jérôme, le patron de borlette, qui étaient noirs ainsi que Saint-Hubert, le mulâtre. Ne restaient donc que le vieux béké Meynard de Queilhe et le Syrien Mounir Abdallah, le propriétaire de « L'Étoile de Damas ». Perdu dans mes réflexions, je ne vis pas qu'on m'attendait devant chez moi. C'était… Francelise. Elle avait un air penaud et tenait une valise à la main.

— J'ai quitté ce fumier de Saint-Hubert, grogna-t-elle. Je vais habiter chez toi quelque temps, si tu permets… Qu'est-ce qui t'est arrivé au bras ? Laisse-moi voir ça !

Interloqué, je ne pus que la faire entrer. Quoique furieux, je fis mine de ne pas me formaliser de sa soudaine intrusion et lui racontai ma mésaventure. Cela la fit rire aux éclats et détendit l'atmosphère.

— Mais dis-moi, tu es un vrai héros à présent, Jack ! Tu pourrais jouer dans un feuilleton américain !… D'abord, on tire sur ta voiture et ensuite on te kidnappe. Saperlipopette !

Pour qu'elle cesse de me casser les oreilles (et les pieds), je lui proposai de faire un grand ménage dans toute la maison puisqu'elle n'avait pas été habitée depuis plusieurs jours, ce qu'elle accepta volontiers, y voyant sans doute un moyen de s'y incruster. Prétextant un rendez-vous avec l'inspecteur Maxence, je m'éclipsai et me rendis directement à la rue des Syriens. Mounir Abdallah figurait désormais en tête des suspects et j'étais résolu à l'interroger sans délai. « L'Étoile de Damas » était bondée comme à chaque veille de week-end. Des matrones, descendues du fin fond des campagnes, en assiégeaient les rayons, achetant à tours de bras kilomètres de tissus, sacs en faux cuir, chaussures passées de mode et autres babioles religieuses. Le crieur du magasin s'en baillait à cœur joie :

— Entrez, entrez, mesdames ! « L'Étoile de Damas » est le plus beau, le plus fantastique, le plus moderne, le plus magnifique de la Martinique mais aussi de tout l'archipel des Antilles !... Allez, n'ayez pas peur ! La popeline est à quatre euros le mètre. Touchez, caressez, palpez, tout est à vous ici, mesdames !...

Le Levantin trônait, comme de coutume, derrière son comptoir au fond du magasin. Dès qu'il m'aperçut, il s'empressa de venir m'accueillir, se dandinant à cause de son ventre protubérant.

— Aaah ! Voici mon instituteur ! Monsieur Raymond Vauban en personne ! Il y a bien longtemps que vous ne m'avez pas fait l'honneur d'une petite visite. Que Dieu en soit loué !...

Et de me saisir par le bras pour me conduire à la partie réservée aux hommes, de décrocher un veston affreux de couleur vert pistache, de me l'enfiler avec une promptitude qui me laissa pantois avant de s'écrier :

— Regarde comment il te va bien ! Qu'est-ce que tu es beau avec ça, monsieur Vauban !... On dirait qu'il a été coupé exprès pour toi, mon frère. Annette, prépare un carton tout de suite !... Ça fait deux cents euros, c'est pas cher du tout ! C'est même donné, monsieur l'instituteur. Cadeau de Mounir Abdallah à un vieil ami !

La vendeuse ricanait tandis que je déployais des

efforts surhumains pour me débarrasser du veston, le Syrien luttant maintenant pour me le boutonner. Autour de nous, personne ne prêtait attention à son manège, chacun étant préoccupé de dénicher la bonne affaire. Pour y mettre fin, je n'avais qu'une solution : en venir directement au fait avec ce gros roublard.

— J'ai à te parler de Sésostris Ferdinand, lui fis-je de la voix la plus posée que je pus.

L'homme se figea net, sa pomme d'Adam tressautant de manière comique.

— Qui ?

— Ton ami Sésostris avec qui tu faisais des tournois de poker.

— Viens ! Montons à l'étage !… Annette, surveille le rayon « Sacs à main », s'il te plaît ! On a eu trop de vols ces jours-ci…

Il était décomposé mais s'efforçait de garder un air détaché. À l'étage, sa femme et sa fille visionnaient un film égyptien grâce à un magnétoscope et n'émergèrent pas de leur torpeur. Mounir grimpa un deuxième escalier qui conduisait à des chambres sur la main gauche et à une sorte d'entrepôt, qui faisait aussi office de bureau, sur la droite. Il m'invita à m'asseoir mais resta debout, soudain assez agité.

— Vous le constatez par vous-même, fit-il, il n'y a pas de place pour jouer aux cartes ni à quoi que ce soit d'autre d'ailleurs.

— J'ai habité en face dans le temps, ne l'oublie pas !

— Mais c'était il y a au moins deux ans ! Tout ça, c'est fini maintenant. Mounir a compris, il s'est remis dans le droit chemin… Hon ! J'ai le nez fin, voyez-vous. J'ai toujours su que vous travailliez pour la police. Instituteur, aviez-vous dit ? Vous n'en aviez pas l'allure…

Quelqu'un frappa et entra d'un pas timide. Son épouse nous apportait du thé à la menthe et des gâteaux au miel. De l'étage inférieur s'élevait la voix lancinante d'une chanteuse des bords du Nil. La femme de Mounir lui lança une phrase, qui bien qu'en arabe, était claire : avait-il des soucis ? Il esquissa un geste d'impatience qui la fit disparaître.

— Je sais ce qui vous amène, déclara-t-il en s'asseyant à son tour. Tout finit par se savoir à Fort-de-France, vous savez… Eh ben, oui, Sésostris Ferdinand et le député Salbert devaient pas mal d'argent à mon cousin Aldelkader et à moi-même. C'est vrai…

— Nous y voilà !

— Sauf que, monsieur Vauban, cette dette date, désolé de me répéter, d'il y a deux ans, je vous le rappelle. Pourquoi aurions-nous attendu si longtemps pour en exiger le remboursement ?

— Je vous le demande justement !

Mounir Abdallah caressa son épaisse moustache et son regard se perdit dans le vide un bref instant. Il alluma le ventilateur à pied parce que, effectivement, nous commencions à étouffer dans son cagibi. Dehors, la litanie des crieurs de magasins des Syriens tentait de rivaliser avec le grondement incessant de la circulation automobile.

— Monsieur Sésostris et son ami, le député Salbert, sont des personnages importants dans ce pays, reprit-il, alors ils nous ont aidés et en contrepartie, nous avons effacé leurs dettes de jeu.

— Aidés à quoi, si ce n'est pas trop indiscret ?

— À faire naturaliser six de nos compatriotes récemment arrivés à la Martinique. Vous n'ignorez pas la situation là-bas dans nos pays, en Syrie, au Liban, en Palestine surtout… Beaucoup des nôtres fuient les conflits incessants ou tout simplement la misère…

Le propriétaire de « L'Étoile de Damas » avait un accent de sincérité qui ne trompait pas. L'immigration levantine s'était accrue à vue d'œil ces dernières années et celle-ci montait des négoces un peu partout, plus seulement à la rue François-Arago, la traditionnelle « rue des Syriens ».

— Vous étiez au courant de la relation de Sésostris avec la Dominicaine ? demandai-je.

— Isabela ?… Je ne vais pas vous mentir inutilement. Oui, il l'adorait… C'était une fille incroyablement belle, vous savez…

— On dit qu'il lui avait promis le mariage, il vous en a touché deux mots ?

— Oh, une ou deux fois, je l'ai entendu dire ça, mais toujours sur le ton de la plaisanterie. Il chariait souvent mon cousin : « Pourquoi je ne suis pas musulman comme toi ? J'aurais eu deux épouses. Irmine à la maison et pour la société ; Isabela à qui j'aurais offert un bel appartement et qui m'aurait aidé à conserver ma virilité jusqu'au grand âge. »

Je dus sourire malgré moi car Mounir Abdallah se fit moins nerveux et m'offrit de reprendre du thé. Je réalisais seulement maintenant qu'il n'était pas un Levantin fraîchement débarqué, même s'il jouait cette comédie pour appâter le chaland. Son grand-père était né à Tyr, mais son père et lui-même avaient vu le jour à la Martinique. Certes, ils avaient eu l'occasion de faire de fréquents séjours au pays de leurs ancêtres et en avaient, chacun, fait venir une femme, mais ils n'en étaient pas moins pour autant d'authentiques créoles. Le propriétaire de « L'Étoile de Damas » savait donc pertinemment qu'il ne pouvait zigzaguer avec moi. Je mis donc les cartes sur la table :

— Isabela, avant de mourir, a dévoilé à la police par qui elle avait été agressée…

— Ah bon, par qui ?

— Par un homme blanc !

— Et alors ? Blanc pour les Dominicains n'a pas le même sens que pour nous Martiniquais, rétorqua Mounir. J'ai de la famille là-bas, dans la ville de San Pedro de Macoris, des commerçants eux aussi, et je vais les voir de temps à autre. Là-bas, on est *Blanco* dès l'instant où l'on a la peau claire !

J'accusai le coup. Pourtant, je le savais ! Je savais qu'en Amérique du Sud et dans les îles hispanophones, les catégorisations raciales étaient différentes des nôtres. Outre le mot « blanc », celui de « mulâtre » y recouvrait aussi un autre phénotype que celui qui nous était familier à la Martinique.

Quel benêt je faisais !…

CHAPITRE 20

Francelise avait rendu un peu de lustre à ma maison. Comme la toute première fois que j'y avais mis les pieds. Elle avait récuré à fond la salle de bains, enlevé les toiles d'araignée des plafonds, rangé mes livres qui traînaient un peu partout, épousseté les meubles. Quand je débarquai, elle était agenouillée, les cheveux retenus en arrière par un madras, en train d'attaquer à l'eau de Javel les traces de graisse qui parsemaient le carrelage de la cuisine. Elle était si occupée à sa tâche qu'elle n'entendit pas le bruit de mes pas et chantonnait une biguine de Saint-Pierre dans laquelle il était question d'une certaine Marie-Clémence qui « allait noyer son chagrin au-delà de la rade ». Ce spectacle m'émut alors que normalement, il eût dû réveiller mes bas instincts masculins. Était-ce cela le bonheur simple ? Le bonheur familial ? Je luttai de toutes mes forces contre la vague d'attendrissement qui menaçait de me submerger et lui lançai d'un ton rogue :

— T'épuise pas trop ! Cette vieille baraque ne le mérite pas. Je crois que je vais la mettre en vente.

Elle se retourna, à la fois surprise et peinée. Il y

avait tant de douceur dans son regard que je fus obligé de détourner les yeux. Que m'arrivait-il ? Était-ce le découragement d'avoir échoué à débusquer l'assassin de Sésostris Ferdinand et d'Isabela ? Le sentiment que j'étais, décidément, un petit privé sans envergure qui avait eu le tort d'accepter une affaire trop compliquée pour lui ? Sans doute la perte du pactole que m'avait offert Meynard de Queilhe y était-elle pour quelque chose également.

Je me retrouvais à la case départ. Enfin, pas tout à fait puisque j'étais en possession de cet indice arraché à Isabela avant qu'elle ne rende l'âme : *hombre blanco*. Mais force m'était de constater que je ne parvenais pas à en faire grand-chose. Si le coupable était le béké Meynard de Queilhe, lequel avait fait éliminer le concurrent à la députation, le rival politique de son fils adultérin, Saint-Hubert, voici qu'il était mort de sa belle mort ! Parti dans la tombe avec son secret. Il avait fort bien pu embaucher Don Felipe pour liquider Sésostris, Don Felipe qui n'ignorait rien de la romance entre le meilleur entrepreneur de la Martinique et sa meilleure gagneuse.

Francelise continua à faire du rangement sans plus s'occuper de moi. Elle me savait lunatique ou, plus exactement, m'accusait de l'être. Je m'avachis dans mon fauteuil et allumai mon ordinateur sans intention précise. Dix-huit heures sonnèrent à l'horloge murale, me faisant sursauter. Je parcourus mes courriels. La mystérieuse Rose de Cayenne ne s'était pas manifestée à nouveau. À ma grande déception. J'avais par contre un message d'Irmine Ferdinand. Un message que je lus en diagonale :

Monsieur Teddyson,

Je tiens à vous remercier du fond du cœur de vous être occupé de l'affaire de mon défunt mari en dépit de tous les obstacles que vous avez rencontrés sur votre route au cours des trois mois écoulés... Je sais que vos soupçons ont porté un temps sur ma personne, ce qui est compréhensible car je vous avais caché certaines choses et parfois menti... J'ai fini par admettre qu'hélas, la vérité ne sera jamais connue. Je pars donc définitivement pour la France ce vendredi soir, après-demain donc... Pour solde de tout compte, je vous fais tenir par voie postale un chèque de mille euros.

Recevez mes plus sincères salutations.

Irmine veuve-Ferdinand

Je ne savais quoi répondre. La remercier ? Mais de quoi puisque je m'étais montré en dessous de tout. Je fus tenté de lui parler de la révélation que m'avait faite Isabela à l'hôpital, mais je craignais qu'elle ne juge cela comme une pirouette de ma part. J'avais ma dignité, Bon Dieu de bon sang ! Et puis à quoi cela aurait-il servi ? Découragé, j'éteignis brusquement l'ordinateur et demandai à Francelise de me préparer un café fort. Elle s'exécuta dans l'instant. D'avoir vécu plusieurs mois comme une princesse de Monaco chez Saint-Hubert ne lui avait pas désappris à obéir au doigt et à l'œil. J'avais toujours essayé d'imaginer une partie de jambes en l'air entre ces deux-là, mais je devais avouer que j'avais le plus grand mal. Ils étaient si différents, trop différents. Le cadre de la Banque internationale des Caraïbes était un pète-sec qui passait ses week-ends à faire de la voile ou à assister à des dîners du Rotary-Club, quand il ne recevait pas chez lui les gens de la haute. Comment ma Francelise avait-elle pu évoluer aussi longtemps dans une telle atmosphère ? La meilleure preuve que j'avais raison, c'est que leur relation avait fait long feu. Je me promis qu'un jour prochain, je ferais Francelise me raconter par le menu cette drôle d'expérience qu'elle venait de vivre.

Alberto me sauva de la désespérance. Il était rare qu'il me rende visite. Le quartier Bas-Calvaire lui rappelait de mauvais souvenirs, m'avait-il dit, sans s'étendre sur le sujet.

— *Woy-woy-woy ! Fout kay-ou pwop, gason ! I ka kléré kon an zaboka ki poko matrité. Ha-ha-ha*[1] *!*

Francelise, qui rangeait des verres dans un placard, lui fit un salut de la tête tout en le remerciant. Elle comprit qu'elle ne devait pas assister à notre conversation et monta à l'étage munie d'un seau et d'un balai-serpillière.

— La vie est une drôle de chose…, murmura le saxophoniste-accordéoniste-clarinettiste, nettement moins jovial cette fois.

— Des ennuis ?

— Pire que ça, compère ! Le chômage…

— Tu as perdu ton job ? Pas croyable !

En fait, depuis le meurtre de Sésostris l'étau de la police s'était resserré sur les Terres-Sainvilles et les

1. Nom de Dieu ! Qu'est-ce qu'elle est propre ta maison ! Elle brille comme un sou neuf.

bars ou dancings qui ne possédaient pas de licence étaient fermés les uns après les autres. Ou ceux qui devaient des sommes astronomiques aux impôts comme « Chez Bèbène ». Selon Alberto, le quartier avait changé depuis l'arrivée de Don Felipe trois années plus tôt. Non seulement cette brute épaisse corrigeait sévèrement celles d'entre ses filles qui ne lui rapportaient pas suffisamment, mais il s'était mis à taxer les commerçants. Puis les coiffeurs, les garagistes et même les marchandes de bonbons, pourtant malheureuses au possible.

— Ils auraient dû l'avoir gardé en tôle *ad vitam aeternam* ! grommela Alberto.

— Comment, il a été libéré ? Déjà ?

— Ton copain l'inspecteur Maxence ne t'a donc pas mis au parfum ? Au terme de sa préventive, on a dû le relâcher faute de preuves. C'est triste, mais c'est comme ça…

L'ancien joueur de base-ball avait retrouvé ses prérogatives de mac sans le moindre problème, même s'il se faisait discret pour l'instant, ce qui expliquait que je n'avais pas encore croisé sa route. Selon Alberto, il déléguait maintenant à l'autre mac dominicain et à Bec-en-Or tout en conservant la haute main sur son bizness.

— Il taxait les joueurs de borlette aussi, Jack.

— Pas possible !

— Tu ne le savais pas ? Désolé pour toi mais ta chère Veronica del Monte était comme cul et chemise avec lui. Elle ne t'a sans doute jamais révélé qu'elle était sa petite cousine ?

— Non…

— Eh bien, voilà ! Je suis sûr que c'est lui qui

a fait cramer la case de Ti Jérôme et qui lui a fait la peau.

— Fadaises ! La case était vide et à l'heure où nous parlons, le banquier de borlette et cette salope de Veronica doivent se la couler douce à Miami Beach.

Alberto éclata de rire. Il sortit le numéro *d'Antilles-Matin* du jour, que je n'avais pas eu le temps de lire, et me désigna un articulet qui disait que le cadavre d'un homme d'une cinquantaine d'années avait été retrouvé, à moitié décomposé, dans une caisse du côté de Texaco.

— Signé Don Felipe, mon cher ! Le corps est resté là trois jours…

Effectivement, la description que donnait le journal ressemblait en tous points à celle d'un individu qui ne pouvait être que Ti Jérôme. « Cadavre d'un inconnu », précisait le papier « Une enquête a été ouverte par le parquet ». Alberto avait la certitude que le mac dominicain s'était emparé des paris de la fameuse loterie à cent mille dollars, celle qui avait vu la plupart des immigrés haïtiens et dominicains miser l'essentiel de leurs deniers.

— Quid d'Isabela ?

— T'es un beau naïf, mon cher Jack ! À l'heure qu'il est, madame doit inaugurer en grande pompe son magasin de tissus à Santiago. Son cousin Don Felipe lui a sans nul doute refilé une partie du butin. N'oublie pas que c'était elle qui était chargée de récolter les paris auprès des Dominicaines !

— Mais Don Felipe ramassait déjà l'argent de leurs passes, non ?

— Tu crois qu'il est aussi couillon que toi. Il n'a que deux yeux et ne peut pas surveiller une vingtaine de putes à la fois. Il sait très bien qu'elles gardaient du pognon pour elles !... Bon, faut que j'aille voir si on n'aurait pas besoin de mes modestes services au « Petit Balcon ». Tu m'accompagnes ?

Je demandai à Francelise de descendre. Elle était en nage. Sous mon lit c'était un vrai parc à cochons, se justifia-t-elle, oubliant qu'elle y avait placé son livre de magie blanche. Elle était cependant radieuse et fit la bise à Alberto qu'il lui était déjà arrivé d'aller écouter en ma compagnie. Comme si nous étions un vieux couple, elle me recommanda de ne pas rentrer trop tard à cause des voyous qui vous braquaient pour vingt euros, le prix d'achat de leur dose de crack. Je ne relevai pas et, après avoir changé de chemise, emboîtai le pas à l'accordéoniste-saxophoniste-clarinettiste. Nous empruntâmes la route de La Folie qui montait en pente raide au mitan d'un quartier, jadis petit bourgeois, qui était en voie de dégradation rapide. L'En-Ville se déglinguait. Comme si la mangrove sur laquelle elle avait été construite reprenait ses droits. Je remarquai qu'Alberto n'avait pas apporté ses instruments. Quid de son célèbre saxo et de cet accordéon qu'il maniait les yeux fermés ? Cette clarinette dont les envolées faisaient battre le cœur des femmes les plus réticentes à se livrer ? L'ancien lauréat du Conservatoire de Paris s'était trouvé dans l'obligation de les mettre en gage afin de pouvoir survivre, la bénévolence dont il bénéficiait au sein des ribaudes dominicaines s'étant peu à peu effritée.

— Désormais, tout le monde se méfie de tout le monde..., soliloqua-t-il en tentant de reprendre son souffle en haut de la côte. Chacun pour soi !

Après un tournant en épingle à cheveu, une ligne droite nous fit face avec, sur la gauche, le fort Desaix et ses grilles aux pointes effilées, et, sur la droite, une pimpante villa créole surmontée d'un panneau indiquant : « Le Petit Balcon ». Il s'agissait de la réplique d'un établissement du même nom qui avait connu un succès fou dans le Saint-Pierre d'avant l'éruption de la montagne Pelée. Le nouveau temple de la musique créole était fréquenté par une faune de quinquagénaires et sexagénaires sur le retour qui venaient y brûler les dernières flammes de leur jeunesse. Les femmes avaient revêtu le flamboyant costume créole d'antan ; les hommes étaient en blanc de pied en cap, un élégant panama posé sur la tête.

— Francelise t'a sans doute informé que Saint-Hubert et madame Sésostris entretenaient les meilleures relations, je suppose ? me lança Alberto dont la respiration était plus régulière à présent.

— Quoi ?

Je pilai net, mais le musicien continua à cheminer jusqu'à l'entrée du dancing où le patron l'accueillit avec un empressement qui frisait l'obséquiosité. Des clients reconnurent Alberto et l'entourèrent, déjà enthousiastes :

— *Aaa ! Sé'w ki ké nouvo maestwo isiya kon sa yé a*[1] *!*

Il souriait à chacun sans répondre. De dos, il faisait peine à voir. Les quelque vingt années de nuits blanches qu'il venait de passer commençaient à peser désormais. Je me hâtai de le rattraper et pénétrai presque en même temps que lui dans le dancing

1. Alors comme ça, c'est toi qui seras le nouveau maestro !

qui, pour de vrai, avait été reproduit à l'identique. L'architecte avait dû travailler à partir de gravures et de photos d'époque car il y avait un tel souci du détail, de l'exacte disposition des couleurs (toutes pastel) qu'on avait le sentiment de faire un bond en arrière dans le temps. Un orchestre y jouait, en sourdine, une mazurka créole. Le chanteur se balançait devant le micro, bouche close, yeux fermés. Les travées de l'espèce de théâtre-dancing étaient bondées. Le patron des lieux parvint à nous caser dans un angle, plutôt sombre, de l'étage.

— Saint-Hubert et la veuve Sésostris..., fis-je, encore sous le coup de cette révélation, à Alberto.

— C'est pas le moment, Jack, vraiment pas ! Je joue mon avenir ce soir.

Pour de bon, l'établissement avait décidé d'organiser un duel entre lui et un dénommé Richard qui y officiait depuis l'ouverture mais qui avait le tort de trop s'adonner aux délices du rhum et du gin. Il avait ainsi gâché certaines soirées et le patron, pour ne pas avoir à le licencier sèchement, lui avait lancé un défi : qu'il affronte le meilleur saxophoniste-accordéoniste-clarinettiste de la Martinique, à savoir Alberto.

— Si je parviens à le vaincre, on me fera un contrat à l'année..., me glissa ce dernier.

Sur la petite scène circulaire, Richard, vêtu à la manière d'un jazzman afro-américain, était prêt de toute évidence à donner le meilleur de lui-même. Il attendait donc que le patron ouvre le bal ou plutôt annonce le début des hostilités. Plus ancien en la place qu'Alberto, Richard passerait le premier, cela sans limite de temps.

— Hon ! On va voir s'il tiendra trois heures d'affilée, ce coco, ricana Alberto. Il ne cesse de s'en vanter partout… Il croit pouvoir m'intimider…

Je ne l'écoutais plus qu'à moitié et, bien que fixés sur la scène, mes yeux n'y voyaient qu'un ballet d'ombres. Je ne remarquai donc pas qu'un couple s'était assis non loin de notre table. Au moment où Richard entama les premières notes de la célèbre biguine « Serpent maigre » qui avait fait les beaux jours du Bal nègre de la rue Blomet dans le Paris de l'entre-deux-guerres, Alberto se pencha vers moi :

— Ton bon copain est là… en charmante compagnie si je ne m'abuse.

Je me retournai discrètement pour découvrir un inspecteur Maxence sur son trente et un accompagné d'une ravissante jeune dame de race blanche qui de toute évidence n'était pas créole. Maxo me fit un signe amical de la tête et continua à converser avec elle, très à l'aise. Je compris que cette dernière n'était autre que son fameux rendez-vous du vendredi soir, la mystérieuse créature qu'il recevait sur son bateau amarré au Yacht-club. Au troisième morceau, ils se levèrent de table, très gais, et gagnèrent la piste de danse. Richard faisait des prouesses à la clarinette, arrachant sifflets admiratifs et bravos, chose qui laissait son adversaire, Alberto, de marbre.

— Au fait, la veuve Sésostris a été arrêtée en fin d'après-midi à l'aéroport, au moment où elle s'apprêtait à embarquer sur un vol à destination de Puerto Rico, mon cher… me souffla l'inspecteur Maxence lorsque sa compagne et lui passèrent près de notre table.

— Héloïse Clerveaux, fit la jeune dame sans façon, en me tendant la main.

Je la lui serrai maladroitement tellement j'étais sous le choc. Maxo était donc celui qui « tournait », comme on dit en créole, la fille de ce commissaire à l'esprit colonial, lequel avait cherché, je ne comprenais pas trop pourquoi, à faire porter le chapeau de l'assassinat de Sésostris à Justina, la maîtresse du député Salbert. Maxo était l'amant de la jeune beauté, quoiqu'il fût nettement plus âgé qu'elle. Et pourtant combien de fois ne m'avait-il pas répété que c'était là, pour un nègre ou un mulâtre, courir un risque inconsidéré ? Je n'écoutais plus Richard et ne vis pas à quel moment il s'épuisa et mit genou à terre, son saxo toujours à la bouche d'après ce que rapporterait le chroniqueur musical de l'hebdomadaire *Caraïbes-News*. Il n'avait guère tenu qu'une heure et des poussières ! Ayant le triomphe modeste, Alberto attendit qu'on emportât son infortuné rival avant de monter en scène.

— Fais savoir de ma part à l'inspecteur Maxence que la veuve Sésostris et Saint-Hubert étaient complices comme cochons ! m'ordonna-t-il quand vint son tour.

Un tonnerre d'applaudissements accueillit l'entrée en scène d'Alberto qui, comprenant qu'il avait partie gagnée, se débarrassa de son angoisse et entreprit de dialoguer avec le public.

— *Tout moun bien ?*

— *Wi-i-i-i !*

— Vous êtes des gens de bien ?

— Oui-i-i !

— C'est qu'il n'y a pas de banquier dans la salle

si je ne m'abuse ? Ha-ha-ha !... Je dis ça parce que j'ai emmené un ami ce soir qui se laisse berner par les belles cravates et le beau français de ces gens-là... Allez, on va répéter après moi : Ban-quier, fu-mier ! Ban-quier, fu-mier !

— Ban-quier, fu-mier ! Ban-quier, fu-mier !

Le public, déchaîné, scanda cette mise à l'index pendant près de cinq minutes. Il fallut qu'Alberto lançât quelques notes de saxo, notes sublimes, pour le faire taire. Je commençais pour ma part à coller les derniers morceaux de cette histoire qui, dans le fond, n'était peut-être pas si compliquée que je l'avais cru. Tout s'éclairait en fait : l'*hombre blanco* dont avait parlé Isabela à l'hôpital n'était autre que monsieur Saint-Hubert, cadre à la Banque internationale des Caraïbes et accessoirement rejeton du béké Meynard de Queilhe. Il était si clair de peau qu'effectivement, en pays hispanique, il aurait été classé comme blanc. Citoyen au-dessus de tout soupçon, il avait diaboliquement manipulé plusieurs protagonistes de l'affaire à leur insu pour atteindre son seul et unique objectif : remplacer le député Salbert. J'en avais la certitude absolue à présent ! Quand Irmine Ferdinand avait recruté Don Felipe et lui avait demandé de constituer une équipe de protection électorale pour les meetings du député Salbert, cela n'avait pas pu se faire sans l'aval de Saint-Hubert, l'homme qui entrait sans frapper dans le bureau du premier et s'adressait à lui d'égal à égal. Et de toute façon, en tant que personnage important de la Fédération gaulliste de la Martinique, quoiqu'il se soit toujours employé à rester dans l'ombre la plus totale, Saint-Hubert ne pouvait qu'entretenir d'étroites relations avec feu Sésostris Ferdinand. Mieux : le cadre de la Banque internationale des Caraïbes était en fait, le n° 3 de la fédé. Pourquoi n'avais-je jamais opéré le moindre rapprochement entre Saint-Hubert et Sésostris ? Et par conséquent entre Saint-Hubert et la veuve Sésostris ? Dans le premier cas, par préjugé inconscient sans doute. Le bourgeois mulâtre trentenaire, bien sous tous rapports, et l'entrepreneur nègre, sexagénaire, sorti de la fange et arrivé à la force du poignet, n'étaient pas, à ma décharge, faciles à apparier ; dans le second cas, je m'étais laissé émouvoir par la feinte détresse d'Irmine et surtout embarquer sur les fausses pistes qu'elle m'avait subtilement, voire subliminalement, fourguées.

Sur la scène, Alberto faisait des miracles. Passant de son saxo à sa clarinette et de sa clarinette à son accordéon, cela avec la rapidité d'un prestidigitateur, il enchaînait mazurkas, valses créoles, biguines et rythmes latins devant un public subjugué. Le patron du « Petit Balcon », qui faisait les cent pas, dans l'allée centrale du dancing, était tout simplement aux anges. J'étais moi aussi très content pour mon vieil ami. Je me plongeai dans mes pensées lorsqu'une main de femme se posa sur mon épaule. Héloïse Clerveaux m'invitait à la table qu'elle partageait avec l'inspecteur Maxence. Je ne pouvais pas refuser. Il m'accueillit avec chaleur :

— Je ne vous savais pas amateur de musique, mon cher Jack.

— Et moi, je pensais qu'hormis le jazz…

— Il est venu à cause de moi ! m'interrompit la fille du commissaire. Pour me faire plaisir. La biguine n'est pas spécialement sa tasse de thé. Ha-ha-ha… N'est-ce pas, mon chéri ?

Maxo acquiesça. Je le trouvais anormalement détendu. D'ordinaire, il était déjà quelqu'un de très cool, mais là, ce soir, il semblait flotter sur un petit nuage et la raison ne pouvait être la seule présence de la jeune Blanche, puisqu'ils se fréquentaient depuis des mois. Je profitai d'un moment où Héloïse se rapprocha de la scène où des spectateurs s'étaient massés afin de mieux savourer la prestation d'Alberto, pour en avoir le cœur net.

— Vous avez donc fini par tirer l'affaire Sésostris au clair, si je comprends bien ? Irmine était donc derrière tout ça…

— C'est un peu grâce à toi, mon cher Teddyson. Tu n'aurais pas relancé l'affaire, au péril de ta vie, d'ailleurs, que l'assassin de l'entrepreneur courrait encore…

J'étais perplexe.

— Comment Irmine s'y est-elle prise ? Tu m'avais pourtant assuré qu'une bonne dizaine d'heures s'étaient écoulées entre le meurtre de Sésostris et le tabassage d'Isabela ?

— Oh ! Madame Ferdinand était l'amante de Saint-Hubert, mon vieux. Hé oui ! Ouvre pas de grands yeux comme ça ! Tout est possible en ce bas monde…

— C'est ce que pense aussi Alberto.

— Saint-Hubert l'a manipulée et a essayé de lui faire porter le chapeau.

— C'est-à-dire ?

— Eh ben, grâce à Don Felipe, Saint-Hubert connaissait parfaitement les jours où Sésostris venait honorer Isabela. Il s'est amené dans la chambrette de la fille accompagné du mac dominicain et de deux-trois nervis et ils ont fait la peau de l'entrepreneur, prenant soin de maquiller la chose en rituel vaudou. Puis, Saint-Hubert a attendu la fin de l'après-midi pour avertir Irmine qu'Isabela avait tué et castré son cher mari. Entre-temps, ces voyous avaient ligoté la pauvre pute à une chaise et quand Irmine a débarqué, folle de rage, elle lui a fait sa fête à son tour. Le soir de ce même jour, Don Felipe et ses nervis ont ramassé le corps d'Isabela et l'ont jeté aux portes des urgences de l'hôpital La Meynard…

— Pourquoi avoir pris un tel risque ?

— Compassion pour une compatriote, je suppose. Et puis, ils ont dû se dire qu'Isabela ne reprendrait jamais conscience…

Héloïse revint avec deux verres de whisky qu'elle nous servit. C'était un beau brin de fille quoiqu'un peu trop mince à mon goût. Elle nous annonça que la partie était gagnée pour Alberto. L'accordéoniste-saxophoniste-clarinettiste avait battu Richard à plate couture.

— Mais pourquoi Saint-Hubert a-t-il voulu mouiller Irmine ? fis-je. Lui et les nervis auraient pu assassiner Isabela en même temps que Sésostris ?… Irmine n'était-elle pas l'amante de Saint-Hubert ?

— Liquider Sésostris permettait à Saint-Hubert de faire d'une pierre deux coups : il éliminait un rival politique et récupérait en plus ses biens.

— Comment ça ?

— En épousant Irmine pardi !… Et il l'a mouillée afin de l'obliger à l'épouser. Des fois qu'elle hésiterait à cause de leurs vingt ans de différence d'âge. N'oublie pas qu'Irmine est une bourgeoise pour qui le qu'en-dira-t-on compte beaucoup ! Madame Ferdinand est du coup devenue sa complice, il la tenait. Et quand elle a commencé à se rebiffer et t'a confié la relance de l'enquête, Saint-Hubert a vu rouge et a tenté par deux fois de t'éliminer. N'oublie pas qu'elle a vendu la villa et l'élevage de bœufs du Vauclin et qu'elle a mis MADININA-CONSTRUCTIONS en liquidation ! Tous ces biens passaient sous le nez de Saint-Hubert...

Je n'entendais plus la musique. Ces révélations m'abasourdissaient suffisamment. Je comprenais seulement maintenant que l'émerveillement du cadre de la Banque internationale des Antilles pour le phénoménal popotin de Francelise et son coup de foudre sur le trottoir qui faisait face à chez moi n'étaient que du chiqué. Le zigoto avait eu vent de la visite de la veuve Sésostris à mon bureau et avait trouvé là un moyen de m'approcher et donc d'en savoir plus. Et il avait accueilli Francelise dans sa villa des Trois-Îlets et lui avait promis le mariage dans l'unique but de lui soutirer des informations sur mon enquête. N'obtenant rien de bien saillant, il avait pris la décision de me faire la peau et je pigeais à présent pourquoi, bien que membre d'honneur de la Fédération gaulliste de la Martinique, je n'avais jamais été convié à aucune de ses réunions. D'abord, il avait soudoyé des trafiquants de drogue saint-luciens, puis m'avait fait kidnapper par Veronica interposée, puisqu'elle m'avait bel et bien fixé ce pseudo-rendez-vous sur la jetée, au deuxième quai d'embarquement des pétrolettes. Don Felipe avait dû faire pression sur ma *novia* pour qu'elle joue à l'angoissée au téléphone !

Minuit sonna au « Petit Balcon » où de nouveaux bambocheurs arrivèrent. Ils portèrent Alberto, qui n'en pouvait mais, en triomphe. Grâce à lui, la musique créole de la Venise tropicale, Saint-Pierre donc, renaîtrait de ses cendres. La biguine et la mazurka enchanteraient de nouveau les cœurs, comme le déclara dans un petit discours improvisé le patron des lieux qui offrit une tournée générale sous les hurrahs et les applaudissements de la clientèle. Héloïse entraîna Maxo sur la piste, me soufflant de me chercher une partenaire. Ils formaient un beau couple. Leur insouciance m'épatait. Comment réagirait le commissaire Clerveaux lorsqu'il découvrirait le pot aux roses ? Je sentais arriver l'épilogue de cette affaire embrouillée à souhait, affaire qui en comportait en fait plusieurs plus ou moins imbriquées entre elles. Ainsi l'épisode Ti Jérôme-Veronica n'était pas directement lié à l'épisode Salbert-Justina qui lui-même ne l'était pas à celui de Sésostris-Irmine, pas plus qu'à celui de Saint-Hubert-Meynard de Queilhe, sauf qu'un personnage, un seul, connaissait tout le monde ou presque : Don Felipe, l'ex-joueur de base-ball dominicain et principal mac des péripatéticiennes des Terres-Sainvilles.

— Des nouvelles fraîches ? me demanda l'inspecteur Maxence en revenant à sa table avec une Héloïse énamourée.

Je lui fis signe que non. Il consulta alors la messagerie de son portable et eut un rictus de satisfaction.

— Jack, tu peux remercier ta Francelise pour la

énième fois ! Grâce à sa déposition Saint-Hubert a été arrêté à son domicile ce soir. Elle confirme point pour point ce qu'Irmine Ferdinand avait déjà révélé aux policiers de l'aéroport... Au fait, il t'avait repéré dès le deuxième jour où tu l'avais pris en filature, ce qui explique qu'il ait déposé cette gerbe de fleurs sur la tombe des Meynard de Queilhe pour jouer au fils aimant et reconnaissant. Bon, il va rester des zones d'ombre, des choses inexpliquées, mais c'est cela la vie, mon vieux... Pourquoi le père d'Héloïse a voulu charger Justina, par exemple... Par contre, le dénommé Don Felipe, lui, n'ouvrira plus sa grande gueule. On l'a retrouvé avec un poignard planté entre les épaules, rue Bolivar...

(Case-Pilote, novembre 2009 –
Schoelcher, septembre 2010)

Glossaire

ABABA : la bouche grande ouverte.

ACRA : marinade de morue séchée.

BÂTON-LÉLÉ : mouvette.

BAY-RHUM : préparation médicamenteuse à base de rhum et de feuilles.

BÉKÉ : Blanc créole, descendant des premiers colons arrivés à la Martinique au XVIIe siècle.

BIGUINE : style musical créole apparu à la fin du XIXe siècle.

BLAISE SUR LA FALAISE (COMME) : comme sur des roulettes.

BOULE : testicule.

CARÊME : saison sèche qui s'étend de janvier à la mi-juin.

CHADIN : métis de Noir et de Blanc présentant une juxtaposition des traits phénotypiques des deux races.

CHIEN-FEMME : coureur de jupons.

CHIEN-FER : salopard.

COLIBRI : oiseau-mouche.

CORBEAU : croque-mort.

CRISTOPHINE : légumineuse tropicale de couleur jaune clair.

DÉBIELLÉ : cinglé.
DEVANT-JOUR : aube.
DOMINICAIN : citoyen de la République dominicaine (île hispanophone des Grandes Antilles).
DOMINICANIE : République dominicaine, Saint-Domingue.
DOMINIQUAIS : citoyen de l'île (anglo-créolophone) de la Dominique dans les Petites Antilles.

FEMME-DEHORS : maîtresse.

GALILÉE (MONTER EN) : décéder.
GOMMIER : barque creusée dans le tronc de l'arbre du même nom.

INDIENNE-KOULIE : descendante des travailleurs sous contrat venus du sud de l'Inde après l'abolition de l'esclavage (1848) afin de remplacer les ex-esclaves noirs dans les plantations de canne à sucre.

MADRAS : sorte de fichu créole très coloré.
MAJOR : fier-à-bras de quartier.
MÉTRO : abréviation de « Métropolitain ». Désigne les Français de l'Hexagone de passage ou installés à la Martinique.
MIQUELON : haute mer.
MOJITO : verre de rhum cubain servi avec des glaçons.
MORNE : colline.
MULÂTRE : métis de Noir et de Blanc présentant une fusion des traits phénotypiques des deux races.

NÉGROPOLITAIN : Antillais né et élevé en France de

parents immigrés (équivalent de « Beur » pour les Maghrébins).

OCTROI DE MER : taxe sur les produits importés à la Martinique dont une grande partie va aux collectivités locales.

OUÉLÉLÉ : tapage.

OUMFORT : temple vaudou.

QUÉNETTIER : arbre qui donne de petits fruits verts parfaitement circulaires, à la pulpe rose et au goût légèrement âcre.

RADIO-BOIS-PATATE : téléphone arabe.

SAPOTILLE : fruit tropical de couleur marron clair.

SAINT-LUCIEN : citoyen de l'île (anglo-créolophone) de Sainte-Lucie dans les Petites Antilles.

SAINVILLIEN : habitant des Terres-Sainvilles.

TÈBÈ : idiot, niais.

VOUCOUM : raffut.

ZINZIN : idée obsédante.

DU MÊME AUTEUR

Aux Éditions Gallimard

ÉLOGE DE LA CRÉOLITÉ, avec Patrick Chamoiseau et Jean Bernabé, *essai,* 1989.

ÉLOGE DE LA CRÉOLITÉ/*IN PRAISE OF CREOLENESS*. Édition bilingue, *essai,* 1993.

RAVINES DU DEVANT-JOUR, *récit,* 1993. Prix Casa de las Americas, 1993 (Folio n° 2706).

LES MAÎTRES DE LA PAROLE CRÉOLE, *contes,* 1995. Textes recueillis par Marcel Lebielle. Photographies de David Damoison.

LETTRES CRÉOLES. Tracées antillaises et continentales de la littérature. Haïti, Guadeloupe, Martinique, Guyane 1635-1975, *essai,* avec Patrick Chamoiseau. Nouvelle édition, 1999 (Folio essais n° 352).

LE CAHIER DE ROMANCES, *mémoire,* 2000 (Folio n° 4342).

Voir aussi Ouvrage collectif : ÉCRIRE « LA PAROLE DE NUIT ». La nouvelle littérature antillaise, *nouvelles, poèmes, réflexions poétiques, édition de Ralph Ludwig,* 1994 (Folio essais n° 239).

Aux Éditions du Mercure de France

LE MEURTRE DU SAMEDI-GLORIA, *roman,* 1997. Prix RFO (Folio n° 3269).

L'ARCHET DU COLONEL, *roman,* 1998 (Folio n° 3597).

BRIN D'AMOUR, *roman,* 2001 (Folio n° 3812).

NUÉE ARDENTE, *roman,* 2002 (Folio n° 4065).

LA PANSE DU CHACAL, *roman,* 2004 (Folio n° 4210).

ADÈLE ET LA PACOTILLEUSE, *roman,* 2005 (Folio n° 4492).

CASE À CHINE, *roman,* 2007 (Folio n° 4882).

L'HÔTEL DU BON PLAISIR, *roman,* 2009 (Folio n° 5132).

LA JARRE D'OR, *roman,* 2010 (Folio n° 5441).

RUE DES SYRIENS, *roman,* 2012 (Folio n° 5659).

LE BATAILLON CRÉOLE, *roman,* 2013.

Chez d'autres éditeurs

En langue créole

JIK DÈYÈ BONDYÉ, *nouvelles,* Grif An Tè, 1979, traduit en français par l'auteur, « La Lessive du Diable », Écriture, 2000 ; Le Serpent à Plumes, 2003.

JOU BARÉ, *poèmes,* Grif An Tè, 1981.

BITAKO-A, *roman.* 1985, GEREC ; traduit en français par J.-P. Arsaye, « Chimères d'En-Ville », Ramsay, 1977.

KÔD YAMM, *roman,* K.D.P., 1986 ; traduit en français par G. L'Étang, « Le Gouverneur des dés », Stock, 1995.

MARISOSÉ, *roman,* Presses universitaires créoles, 1987 ; traduit en français par l'auteur, « Mamzelle Libellule », Le Serpent à Plumes, 1995.

En langue française

LE NÈGRE ET L'AMIRAL, *roman,* Grasset, 1998. Prix Antigone.

EAU DE CAFÉ, *roman,* Grasset, 1991. Prix Novembre.

LETTRES CRÉOLES : TRACÉES ANTILLAISES ET CONTINENTALES DE LA LITTÉRATURE, avec Patrick Chamoiseau, *essai,* Grasset, 1991.

AIMÉ CÉSAIRE. Une traversée paradoxale du siècle, *essai*, Stock, 1993, Écriture, 2006.

L'ALLÉE DES SOUPIRS, *roman*, Grasset, 1994. Prix Cabaret de la Caraïbe (Folio n° 5103).

COMMANDEUR DU SUCRE, *récit*, Écriture, 1994.

BASSIN DES OURAGANS, *récit*, Les Mille et Une Nuits, 1994.

CONTES CRÉOLES DES AMÉRIQUES, Stock, 1995.

LA VIERGE DU GRAND RETOUR, *roman*, Grasset, 1996 (Folio n° 4602).

LA BAIGNOIRE DE JOSÉPHINE, *récit*, Les Mille et Une Nuits, 1997.

RÉGISSEUR DU RHUM, *récit*, Écriture, 1999.

LA DERNIÈRE JAVA DE MAMA JOSEPHA, *récit*, Les Mille et Une Nuits, 1999.

LA VERSION CRÉOLE, Ibis Rouge, 2001.

MORNE-PICHEVIN, *roman*, Bibliophane, 2002.

LA DISSIDENCE, *roman*, Écriture, 2002.

LE BARBARE ENCHANTÉ, *roman*, Écriture, 2003.

LA LESSIVE DU DIABLE, *roman*, Le Serpent à Plumes, 2003.

LE GRAND LIVRE DES PROVERBES CRÉOLES : TI PAWOL, Presses du Châtelet, 2004.

DICTIONNAIRE CRÉOLE MARTINIQUAIS-FRANÇAIS, Ibis Rouge, 2007.

BLACK IS BLACK, *roman*, Écriture, 2008.

L'ÉMERVEILLABLE CHUTE DE LOUIS AUGUSTIN et autres nouvelles, *nouvelles*, Écriture, 2010.

CITOYENS AU-DESSUS DE TOUT SOUPÇON..., *roman*, Caraïbéditions, 2010. (Folio Policier n° 722).

DU RIFIFI CHEZ LES FILS DE LA VEUVE, *roman*, Carïbéditions, 2013.

BAL MASQUÉ À BEKELAND, *roman*, Caraïbéditions, 2013.

Traductions

UN VOLEUR DANS LE VILLAGE *de James Berry, récit traduit de l'anglais*, Gallimard Jeunesse, coll. « Page Blanche », 1993. Prix de l'International Books for Young People 1993.

AVENTURES SUR LA PLANÈTE KNOS d'Evans Jones, *récit traduit de l'anglais*, Éditions Dapper, 1997.

Travaux universitaires

DICTIONNAIRES DES TITIM ET SIRANDANES. Devinettes et jeux de mots du monde créole, *ethnolinguistique*, Ibis Rouge, 1998.

KRÉYÔL PALÉ, KRÉYÔL MATJÉ.... Analyse des significations attachées aux aspects littéraires, linguistiques et socio-historiques de l'écrit créolophone de 1750 à 1995 aux Petites Antilles, en Guyane et en Haïti, *thèse de doctorat ès-lettres*, Éditions du Septentrion, 1998.

COLLECTION FOLIO POLICIER

Dernières parutions

542. Bernhard Schlink — *La fin de Selb*
543. Jean-Bernard Pouy — *La clef des mensonges*
544. A. D. G. — *Kangouroad Movie*
545. Chris Petit — *Le Tueur aux Psaumes*
546. Keith Ablow — *L'Architecte*
547. Antoine Chainas — *Versus*
548. Joe R. Lansdale — *Le mambo des deux ours*
549. Bernard Mathieu — *Carmelita*
550. Joe Gores — *Hammett*
551. Marcus Malte — *Le doigt d'Horace*
552. Jo Nesbø — *Le sauveur*
553. Patrick Pécherot — *Soleil noir*
554. Carlene Thompson — *Perdues de vue*
555. Harry Crews — *Le Chanteur de Gospel*
556. Georges Simenon — *La maison du juge*
557. Georges Simenon — *Cécile est morte*
558. Georges Simenon — *Le clan des Ostendais*
559. Georges Simenon — *Monsieur La Souris*
560. Joe R. Lansdale — *Tape-cul*
561. William Lashner — *L'homme marqué*
562. Adrian McKinty — *Le Fils de la Mort*
563. Ken Bruen — *Le Dramaturge*
564. Marcus Malte — *Le lac des singes*
565. Chuck Palahniuk — *Journal intime*
566. Leif Davidsen — *La photo de Lime*
567. James Sallis — *Bois mort*
568. Thomas H. Cook — *Les ombres du passé*
569. Mark Henshaw - John Clanchy — *L'ombre de la chute*
570. Olen Steinhauer — *La variante Istanbul*
571. Thierry Bourcy — *Les traîtres*
572. Joe R. Lansdale — *Du sang dans la sciure*
573. Joachim Sebastiano Valdez — *Puma qui sommeille*

574.	Joolz Denby	*Stone Baby*
575.	Jo Nesbø	*Le bonhomme de neige*
576.	René Reouven	*Histoires secrètes de Sherlock Holmes*
577.	Leif Davidsen	*Le dernier espion*
578.	Guy-Philippe Goldstein	*Babel Minute Zéro*
579.	Nick Stone	*Tonton Clarinette*
580.	Thierry Jonquet	*Romans noirs*
581.	Patrick Pécherot	*Tranchecaille*
582.	Antoine Chainas	*Aime-moi, Casanova*
583.	Gabriel Trujillo Muñoz	*Tijuana City Blues*
584.	Caryl Férey	*Zulu*
585.	James Sallis	*Cripple Creek*
586.	Didier Daeninckx	*Éthique en toc*
587.	John le Carré	*L'espion qui venait du froid*
588.	Jeffrey Ford	*La fille dans le verre*
589.	Marcus Malte	*Garden of love*
590.	Georges Simenon	*Les caves du Majestic*
591.	Georges Simenon	*Signé Picpus*
592.	Carlene Thompson	*Mortel secret*
593.	Thomas H. Cook	*Les feuilles mortes*
594.	Didier Daeninckx	*Mémoire noire*
595.	Graham Hurley	*Du sang et du miel*
596.	Marek Krajewski	*Les fantômes de Breslau*
597.	François Boulay	*Traces*
598.	Gunnar Staalesen	*Fleurs amères*
599.	James Sallis	*Le faucheux*
600.	Nicolas Jaillet	*Sansalina*
601.	Jean-Bernard Pouy	*Le rouge et le vert*
602.	William Lashner	*Le baiser du tueur*
603.	Joseph Bialot	*La nuit du souvenir*
604.	Georges Simenon	*L'outlaw*
605.	Kent Harrington	*Le serment*
606.	Thierry Bourcy	*Le gendarme scalpé*
607.	Gunnar Staalesen	*Les chiens enterrés ne mordent pas*
608.	Jo Nesbø	*Chasseurs de têtes*
609.	Dashiell Hammett	*Sang maudit*
610.	Joe R. Lansdale	*Vierge de cuir*
611.	Dominique Manotti	*Bien connu des services de police*
612.	Åsa Larsson	*Horreur boréale*
613.	Saskia Noort	*Petits meurtres entre voisins*

614.	Pavel Kohout	*L'heure étoilée du meurtrier*
615.	Boileau-Narcejac	*La vie en miettes*
616.	Boileau-Narcejac	*Les veufs*
617.	Gabriel Trujillo Muñoz	*Loverboy*
618.	Åntoine Chainas	*Anaisthêsia*
619.	Thomas H. Cook	*Les liens du sang*
620.	Tom Piccirilli	*La rédemption du Marchand de sable*
621.	Francis Zamponi	*Le Boucher de Guelma*
622.	James Sallis	*Papillon de nuit*
623.	Kem Nunn	*Le Sabot du Diable*
624.	Graham Hurley	*Sur la mauvaise pente*
625.	Georges Simenon	*Bergelon*
626.	Georges Simenon	*Félicie est là*
627.	Ken Bruen	*La main droite du diable*
628.	William Muir	*Le Sixième Commandement*
629.	Kirk Mitchell	*Dans la vallée de l'ombre de la mort*
630.	Jean-François Vilar	*Djemila*
631.	Dashiell Hammett	*Moisson rouge*
632.	Will Christopher Baer	*Embrasse-moi, Judas*
633.	Gene Kerrigan	*À la petite semaine*
634.	Caryl Férey	*Saga maorie*
635.	James Sallis	*Le frelon noir*
636.	Gabriel Trujillo Muñoz	*Mexicali City Blues*
637.	Heinrich Steinfest	*Requins d'eau douce*
638.	Simon Lelic	*Rupture*
639.	Jenny Siler	*Flashback*
640.	Joachim Sebastiano Valdez	*Les larmes des innocentes*
641.	Kjell Ola Dahl	*L'homme dans la vitrine*
642.	Ingrid Astier	*Quai des enfers*
643.	Kent Harrington	*Jungle rouge*
644.	Dashiell Hammett	*Le faucon maltais*
645.	Dashiell Hammett	*L'Introuvable*
646.	DOA	*Le serpent aux mille coupures*
647.	Larry Beinhart	*L'évangile du billet vert*
648.	William Gay	*La mort au crépuscule*
649.	Gabriel Trujillo Muñoz	*Mezquite Road*
650.	Boileau-Narcejac	*L'âge bête*
651.	Anthony Bourdain	*La surprise du chef*

Composition Nord Compo
Impression Novoprint
le 23 février 2014
Dépôt légal : février 2014

ISBN 978-2-07-045310-8./Imprimé en Espagne.

252480